CW01500796

1

Sono in quattro, tutte donne anche se tentano di nascondere le loro forme sotto pesanti tute con protezioni in kevlar. Riconoscerle è impossibile per via delle maschere di gomma che portano sul viso.

Hanno fatto irruzione con le pistole spianate urlando a tutti di sdraiarsi a terra.

L'effetto sui presenti è di immediato terrore: le armi nere, i gesti studiati, la calma con cui si dispongono davanti alle due porte impedendo a chiunque di lasciare il grande salone.

Alla festa sono presenti una quarantina di invitati, signore ingioiellate e uomini distinti, appartenenti all'alta borghesia milanese.

Le criminali impartiscono ordini secchi e precisi, che suonano ancora più minacciosi per via delle voci metalliche, camuffate da un qualche apparecchio che ne altera il tono rendendolo irriconoscibile. Parlano come robot e, per questo, incutono ancora più paura.

Il padrone di casa, Alfio Perego, titolare di una concessionaria di automobili di lusso, trema. È preoccupato per la sorte che potrebbe toccare a lui e ai suoi ospiti.

Fino a quel momento tutto era filato liscio, nel migliore dei modi: un party sfarzoso nel suo elegante appartamento di via Monte Rosa in occasione del compleanno della moglie Marta.

«Fate silenzio!» urla una di loro prima di saltare, agile come una gatta, sul tavolo del buffet piazzato in centro alla sala, in modo che tutti la possano vedere. Indossa la maschera di Lady Gaga, impugna la pistola con sicurezza, come se non avesse mai fatto altro nella vita e calpesta, senza curarsene, le tartine al caviale e la tartare di salmone.

Tutti si zittiscono.

«Ora ascoltatemi: ubbidite e non vi succederà niente. Siete tutti ricchi da fare schifo e noi vogliamo derubarvi, semplice. Per farlo trascorreremo qualche ora insieme, quindi meglio mettere subito le cose in chiaro.»

«"Ore" ha detto?» chiede timidamente Perego.

«Esatto: non ce ne andremo tanto presto perché la nostra non è una rapina come le altre. Non siamo interessate ai gioielli di queste belle signore o agli orologi d'oro degli uomini, quelli ve li potete tenere: noi vogliamo i vostri soldi. Tutti quanti, perché siamo ragazze cattive. Chiamateci Bad Girls, se vi va. E vi assicuro che se non collaborerete lo diventeremo ancora di più!»

Gli invitati si scambiano occhiate sbigottite.

«Ora passeremo a ritirare i vostri documenti d'identità e i cellulari: lasciateli accesi e sbloccati, ok? L'alternativa che vi attende, se non ubbidirete alla lettera ai miei ordini, è una pallottola in mezzo alla fronte. Ci siamo capiti?»

Quando Lady Gaga salta giù dal tavolo per aiutare le compagne è ormai chiaro a tutti gli invitati che quella sta per trasformarsi nella peggiore serata della loro vita.

FARFALLE

Dello stesso autore
nel catalogo Marsilio

Milano criminale
Solo il tempo di morire

La confraternita delle ossa
Blue Tango
La mano sinistra del diavolo
Niente baci alla francese
L'uomo della pianura
Cartoline dalla fine del mondo
Alle porte della notte

Paolo Roversi

Il pregiudizio della sopravvivenza

Un'indagine di Enrico Radeschi

Marsilio

Copyright © 2021 Paolo Roversi
Pubblicato in accordo con Piergiorgio Nicolazzini Literary Agency (PNLA)

© 2021 by Marsilio Editori® s.p.a. in Venezia
Prima edizione: marzo 2021
www.marsilioeditori.it

Questo libro è frutto dell'immaginazione dell'autore. Nomi, personaggi,
luoghi e avvenimenti sono fittizi o usati in modo fittizio.

IL PREGIUDIZIO DELLA SOPRAVVIVENZA

A Eleonora

Niente è più emozionante nella vita che vedersi
sparare addosso e non essere colpiti.
SIR WINSTON CHURCHILL

2

La stazione centrale di Milano di notte mi ha sempre affascinato, sin da quando ci ho messo piede la prima volta, quasi vent'anni fa. La immagino come un luogo pieno di storie da raccontare e di fascino oscuro, perfino adesso, anche se non sono qui alla caccia di morti o pazzi omicidi. Ma potrebbe succedere, visto che un giornalista non stacca mai, e deve essere sempre pronto a cogliere l'attimo, la notizia in agguato.

«Sei con me, Enrico?»

«Come?»

«Dove stai con la testa?»

Torno a osservare gli occhi azzurri e i capelli biondi di Andrea che incorniciano un viso perfetto e attraente. Le sorrido mentre penso che sarebbe dovuta essere la mia assistente! Quando si era presentata il primo giorno, per via del nome, credevo si trattasse di un ragazzo e si era creato un gran equivoco... Colpa di Fuster che, dal suo esilio dorato in Toscana, me l'aveva mandata per darmi una mano. All'epoca era – e ufficialmente lo è ancora – il boss di *MilanoNera*.

Anche lui aveva cominciato come mio assistente, secoli fa, fino a quando ero stato costretto a squagliarmela per otto anni lasciando tutto in mano a lui. Il ragazzo non si era affatto scoraggiato, si era rimboccato le maniche e aveva preso saldamente il timone del portale tanto da trasformarlo – non senza versarci sudore, lacrime e parecchi quattrini – in una corazzata che ora macina visualizzazioni da record e, addirittura, utili!

Al mio ritorno a Milano, complice un infortunio del padre quasi in contemporanea, Diego Fuster era tornato ad affidare a me il timone. Ben presto mi ero reso conto che da solo non potevo farcela, così ecco che un giorno era spuntata Andrea – giovane, brillante e bellissima neogiornalista – che da quando ha messo piede in redazione ha rivoluzionato la mia vita. In nemmeno un mese, infatti, siamo passati dal rapporto direttore/subalterno a quello di amanti e soci alla pari di *MilanoNera* che, mai come in questo periodo, sta ottenendo risultati straordinari: migliaia di contatti per ogni pezzo pubblicato al punto che Fuster ha deciso di prolungare la sua permanenza in Toscana per produrre vino nella tenuta di famiglia e lasciare a noi il lavoro di redazione. Con lui c'è anche Buk, il mio vecchio labrador, ormai quasi sordo e praticamente cieco. So che in campagna sta comunque meglio che in città, sempre chiuso in appartamento, ma mi manca molto.

«Mi ascolti?»

«Sì, scusa, stavo pensando a questo luogo.»

«Speri che scoppi una sparatoria mentre salgo sul treno, vero? Così puoi riprenderla e postare il video sul sito...»

Sorrido e le sfioro le labbra.

«Non sul tuo treno» sibilo. «Magari su quello che parte subito dopo, ecco. In modo che tu sia al sicuro.»

«Che tenero!»

Stavolta è lei a baciarmi. Un bacio profondo.

«Mi mancherai» sussurro.

«Smettila di essere così sdolcinato: cosa direbbe il tuo amico sbirro se ti sentisse? E poi sto via solo due notti oltre a questa, pensi di poter resistere?»

«Ci proverò.»

«Bene, perché ora devo andare. Ecco Caterina.»

Una ragazza sui venticinque, coi capelli raccolti in una coda e un paio di occhiali senza montatura saluta con la mano mentre si avvicina. Andrea le sorride e si baciano sulle guance.

«Lui è Enrico.»

«Piacere.»

Ci stringiamo la mano. Caterina ha frequentato il corso alla scuola di giornalismo insieme ad Andrea e ora stanno partendo per partecipare alla tre giorni del Convegno europeo sulla comunicazione che quest'anno si svolge nella verde Austria. A Salisburgo per la precisione. Hanno prenotato una cuccetta wagon-lit per due e domattina si sveglieranno già a destinazione pronte per seguire la prima giornata del congresso.

Andrea si carica lo zaino sulle spalle e mi saluta con un altro bacio fugace sulle labbra.

La osservo salire e, mentre mi fumo un'arrotolata di Amsterdamer, il tabacco francese che un'amica mi spedisce appositamente da Parigi, rimango immobile finché il treno inizia lentamente a muoversi.

Nessuna sparatoria, per fortuna.

3

L'una di notte, l'ora perfetta per concludere in bellezza, ragiona il vicequestore Loris Sebastiani, capo della squadra Mobile milanese facendo scivolare il Toscanello spento da una parte all'altra della bocca. Non l'accende mai, il sigaro gli serve per pensare. Ha smesso di fumare anni prima per diventare quello che lui definisce un tabagista di riflesso. Il Toscanello lo mordicchia, lo mastica addirittura quando è nervoso, ma non lo fuma. Si è chiesto un sacco di volte quanto faccia male quel suo vizio ma non ha mai avuto il tempo di approfondire. Non lo farà certo adesso visto che è ora di passare all'incasso: si è già annoiato abbastanza per quel giorno, un lunedì gelido di nebbia milanese di febbraio col vento che taglia la faccia e per strada solo i venditori di rose e i balordi in cerca di qualcosa che gli svolti la serata.

A lui è toccato un dopocena in uno dei templi della movida milanese in corso Como: un locale che è concept store, bar, ristorante e chissà cos'altro ancora.

Ci è venuto con una ragazza francese, Nadine, non più di ventidue anni, a cui ha già offerto un Kir Royal per farla sentire *chez soi*.

Lei sorride languida e lo chiama *Lorì*, una storpiatura del suo nome che il poliziotto detesta visceralmente ma che decide di sopportare di buon grado nella speranza della ricompensa finale.

Dopo l'esperienza fallimentare del matrimonio con Giulia, Sebastiani ha capito che le relazioni sentimentali serie non fanno per lui. Predilige di gran lunga brevi e intense frequentazioni occasionali, di pochi giorni o al massimo settimane. Per sua fortuna, data la vaga somiglianza che in molte gli attribuiscono con un certo attore americano di successo, fare colpo sul gentil sesso non è mai stato un problema per lui. Se a questo si aggiungono poi il suo modo impeccabile di vestire e la predisposizione a portare la preda di turno nei migliori locali della città e spendere senza parsimonia, be': il quadro è completo.

«Non credevo che mi avresti richiamata; sai, dopo l'ultima volta mi eri sembrato... *Je ne sais pas*, freddo, distante.»

Sebastiani abbozza un sorriso mentre, in maniera molto galante, le sposta la sedia per farla alzare dal tavolo.

Lui non se la ricorda proprio l'ultima volta. Sulla rubrica del telefonino l'ha salvata come "Nadine francesina". Il numero si può dire che l'abbia composto così, spinto dalla forza della disperazione, anzi della solitudine. Nella scelta deve aver influito l'accento francese non solo perché sperava lo aiutasse a cancellare una cocente delusione rimediata proprio da una che parlava la sua lingua – chiodo scaccia chiodo – ma soprattutto perché quella cadenza con la erre moscia lo fa impazzire.

Da quanto è riuscito a capire dalle chiacchiere della serata, la ragazza mora con gli occhi chiari che ora gli cammina flessuosa al fianco è una studentessa in Italia per conseguire una specializzazione di qualche tipo che Loris non ha nemmeno cercato di ascoltare quando lei glielo ha spiegato. Si è limitato ad abbozzare un sorriso e a ruotare il Toscanello, come se quella fosse la massima espressione d'interesse che potesse dimostrare.

Il vero motivo che l'aveva spinto fuori dalla sua tana era che non avrebbe sopportato un'altra nottata da solo a bere Pampero Reserva davanti alla tv svizzera a volume azzerato. Semplicemente non avrebbe giovato alla sua salute mentale, soprattutto dopo la sbandata rimediata con la poliziotta belga...

Doveva voltare pagina in fretta e una serata senza pensieri gli sembrava un balsamo adeguato. Anche se non avrebbe mai confessato alla ragazza che si trattava di un ripiego, ovvio.

Quando escono nella fredda notte lombarda, Nadine inizia a tremare e lui la stringe dolcemente a sé finché salgono sul suo suv.

Da quel punto in poi, Sebastiani inserisce il pilota automatico.

Evita di portarsele a casa: se poi non si schiodano diventa dura convincerle ad andarsene. Meglio concludere da loro, così a lui ci vuole un attimo per filarsela. Pragmatismo all'ennesima potenza.

Finisce così anche questa volta e, alle sei di mattina, mentre sta pensando di squagliarsela viene in suo aiuto il santo cellulare: una disgrazia, come sempre, lo toglie dall'impiccio di quella situazione.

Si mostra comunque molto contrariato quando risponde. Mugugna, ringhia qualcosa e poi sbotta: «D'accordo. Arrivo subito!»

Nadine si rigira fra le lenzuola.

«Cosa succede *Lorì?*» chiede stropicciandosi gli occhioni.

«Il mondo dei cattivi non si ferma mai. Devo andare.»

Evita di promettere di richiamarla, dato che non ha nessuna intenzione di farlo.

S'infila il primo Toscanello della giornata fra le labbra ed esce senza aggiungere altro.

Ci mette pochissimo per arrivare a destinazione. Parcheggia davanti a un palazzo signorile di via Monte Rosa proprio accanto a due volanti della polizia; sospira osservando il termometro sul cruscotto che indica -4 gradi.

Scende rabbrividendo nel cappotto troppo leggero e pensa che gli ci vorrebbe un berretto di lana per scaldarsi la testa, peccato che non rientri nel suo stile; lui indossa solo capi eleganti e scarpe fatte a mano. Il suo stipendio finisce tutto in vestiti e vini pregiati di cui fa incetta quando può in giro per il mondo; e in donne, ovviamente. Non pensa al domani, il vicequestore, si accontenta dell'oggi e reputa che sia più che sufficiente.

Ad accoglierlo c'è l'ispettore Mascaranti, un bestione forte come un toro ma non particolarmente brillante nelle deduzioni investigative. Trema anche lui nella divisa.

«Buongiorno, dottore.»

Il poliziotto non ha nemmeno il tempo di fornire i primi ragguagli sul caso perché qualcosa attira l'attenzione di entrambi: in fondo alla strada buia e ancora deserta, è apparso un puntino giallo dalla sagoma, ma soprattutto dal rumore, inconfondibile.

L'ispettore sospira.

«Come farà a essere sempre così sul pezzo?»

«Anni di mestiere, tutti spesi sul campo» sibila Sebastiani iniziando a far correre il Toscanello da una parte all'altra della bocca.

Un minuto dopo il Giallone, com'è ribattezzata la Vespa gialla classe 1974 riverniciata a bomboletta, si arresta a un metro da loro in uno stridore metallico. Sopra, quasi assiderato, con il pizzetto ricoperto da un sottile strato di ghiaccio e gli occhiali alla giovane Kennedy appannati, c'è lui, Enrico Radeschi, giornalista freelance, hacker nonché amico e compagno di mille indagini del vicequestore. Indossa un pesante giaccone col cappuccio sopra alla solita giacca sportiva, dei jeans sdruciti e un paio di sneaker.

«Sei come la candida, Enrico: uno pensa di essere guarito ma quella prima o poi ritorna sempre» lo accoglie lo sbirro.

«Vedo che anche al mattino presto non perdi la tua proverbiale vena umoristica!»

«Sei tu che mi stimoli. Come la prostata.»

«Sempre meglio!»

Il giornalista scende dalla Vespa e asciuga le lenti degli occhiali con un fazzoletto.

«Allora?» chiede infilandoli di nuovo. «Che si fa? Rimaniamo qui sotto a prendere il fresco o saliamo a dare un'occhiata a quello che è successo?»

Mascaranti lo squadra come se lo volesse spellare vivo mentre il suo superiore si dimostra più indulgente.

«Le regole ormai le conosci: niente foto, niente video e niente chiacchiere. Puoi venire con noi solo se rimani in silenzio e non ci intralci, d'accordo?»

«Agli ordini!» risponde Enrico battendo i tacchi e portandosi la mano destra alla fronte in una parodia del saluto militare.

4

Una brezza leggera increspa appena la superficie del mare e l'uomo si stringe nel giaccone di pelle. Ha guidato tutta la notte, una lunga autostrada nera che taglia da sud a nord l'Italia, partendo dalla Puglia subito dopo cena, e macinando quasi ottocento chilometri, per non perdersi quel momento. Ora sorride soddisfatto mentre rimira lo spettacolo: l'alba sul mare.

L'ultima che può godersi dal terrazzo dell'appartamento che, da circa tre mesi, chiama casa. Gli eventi si sono messi a correre all'improvviso ma lui non si è fatto sorprendere. Dopo la trasferta a Milano di capodanno, dove ha gettato le basi per una futura e proficua collaborazione oltre a lanciare il suo guanto di sfida, è praticamente sempre rimasto rintanato lì, a Lignano Sabbiadoro. Un luogo perfetto per un fuggitivo durante l'inverno quando la popolazione passa dalle trecentomila presenze estive a poco più di tremila. Serrande abbassate, alberghi chiusi e nessuno in giro. Situazione ideale per chi vuole mantenere un basso profilo e non dare nell'occhio. L'unico momento in cui esce di casa è al mattino presto. Passeggia sulla spiaggia fino al faro rosso da cui si vede l'isola Marinetta; a volte scambia qualche parola coi pescatori che rientrano con il loro mare luccicante e vivo nelle reti. Quando gli succede compra il loro pesce, che poi cucina innaffiandolo con la ribolla gialla prodotta in quelle zone. Una volta alla settimana va a fare la spesa in uno dei pochi supermercati aperti, mentre il resto del tempo lo trascorre a pianificare le sue prossime mosse. Non scorda mai, nemmeno per un minuto, la sua vendetta.

Ha preparato meticolosamente il piano d'azione, per quasi quattro settimane. La trasferta del giorno precedente ha rappresentato uno degli ultimi tasselli, anche se non è ancora venuto il momento di rivelarsi...

Spalanca le finestre in modo che l'aria frizzante e carica di salsedine riempia la casa, e va a sedersi sul divano del salotto osservando la luce del sole illuminare di un giallo chiaro la parete alle sue spalle. Chiude gli occhi per un istante, poi seleziona una canzone sul cellulare che trasmette alle casse dell'impianto stereo.

La voce roca di Bob Dylan inizia a riempire la stanza e, dopo qualche strofa, arriva la parte che sente più sua:

Here comes the story of the Hurricane
The man the authorities came to blame...

Alza il volume al massimo – tanto nel palazzo non ci sono altri inquilini in quella gelida mattina di febbraio – e lascia che le note invadano tutti gli angoli della stanza e della sua mente: ha un conto in sospeso da troppi anni e ora, finalmente, è giunto il momento di chiuderlo.

5

Quello in cui veniamo introdotti, più che un appartamento, a me sembra la reggia di Versailles.

Quadri similfiamminghi, tende di broccato, soprammobili in argento, vasi traboccanti di fiori freschi, pavimenti d'alabastro. E siamo solo al corridoio! Il salone in cui è stata organizzata la festa, poi, è grande almeno il doppio del mio bilocale.

Evito di commentare ma noto che il sigaro di Sebastiani corre veloce da una parte all'altra della bocca, segno che anche i neuroni del mio amico stanno lavorando a pieno regime.

Il sovrintendente Sciacchitano ci viene incontro accompagnato da un distinto signore in giacca e cravatta dall'aria distrutta di chi non ha chiuso occhio.

«Vi presento il padrone di casa, il signor Alfio Perego.»

Sebastiani gli stringe la mano e, senza badare troppo ai convenevoli, arriva subito al punto.

«Mi racconti quello che è accaduto.»

«Hanno rapinato i miei ospiti, ecco cosa. Indossavano delle maschere... E avevano delle pistole...»

«Cosa hanno rubato? Orologi, gioielli?»

«No, niente di tutto questo. Nemmeno i portafogli hanno preso.»

Il Toscanello compie un'intera lentissima rotazione.

«Cosa allora?»

Perego scuote la testa. Appare visibilmente sconvolto e non riesce più a parlare.

«Scusate.»

«Prego» risponde inaspettatamente comprensivo il vicequestore. «Continueremo dopo.»

L'uomo si allontana sorretto da quella che con tutta probabilità è la moglie.

Intorno regna una gran confusione visto che gli invitati sono ancora tutti presenti. Alcuni agenti in divisa stanno raccogliendo le testimonianze, fra loro noto anche Carla, l'unica donna della squadra di Sebastiani. Una tipa tosta, l'agente Carla Rivolta, che ottiene sempre quello che vuole.

Anche lei mi vede e mi lancia un'occhiata delle sue. Ci conosciamo da parecchio e non solo superficialmente, diciamo così. Durante l'indagine per la morte del sindaco di Milano, anni addietro, abbiamo avuto una fugace relazione. Non è finita bene ma la chimica è ancora prepotente fra noi, oltre alla vergogna, come leggo nei suoi occhi. Ricordo con grande piacere certi amplessi consumati sul sedile posteriore di una volante qualche minuto prima che lei prendesse servizio: lo facevamo nel parcheggio di un commissariato alla Bovisa con il piantone chiuso dietro una celletta di vetro che faceva finta di non vedere l'auto che ballava...

«Ti sei addormentato?» mi incalza Sebastiani notando la mia distrazione.

«No, stavo solo ragionando: che diavolo sono venuti a rubare i nostri ladri mascherati se hanno lasciato i gioielli e i soldi?»

«Ladre per l'esattezza» interviene Carla avvicinandosi. «Erano quattro donne.»

«Wow! Quindi niente maschere dei presidenti tipo Nixon e compagnia?»

«Esatto, Enrico, indossavano i volti di gomma di cantanti e dive del cinema.»

«Mi stanno già simpatiche.»

Sebastiani mi fulmina con un'occhiataccia.

«Voglio dire, è disdicevole quello che hanno fatto ma...»

«Stai zitto» mi ringhia.

Faccio segno con le dita di cucirmi le labbra anche se non ne ho la minima intenzione.

«Raccontaci quello che hai ricostruito finora, agente Rivolta» ordina il vicequestore.

«Erano le dieci di sera quando sono arrivate.»

«Come sono entrate?»

«Presumiamo dal portone d'ingresso. Poi sono salite per le scale e hanno suonato alla porta. Il cameriere credeva che fossero degli invitati ritardatari, è andato ad aprire senza sospettare niente. Invece se le è trovate davanti tutte e quattro con già le maschere indosso e le pistole in pugno. Gli hanno ordinato di non urlare e lo hanno chiuso nel bagno di servizio insieme agli altri tre domestici. Poi hanno fatto irruzione nel salone dove si trovavano tutti gli invitati...»

«Quindi avevano le chiavi del portone?»

«Forse. Oppure se le sono procurate tramite un altro inquilino o hanno aspettato che qualcuno uscisse o entrasse per intrufolarsi...»

«O magari c'è una talpa che le ha aiutate.»

«Quindi cerchiamo una talpa?» chiedo.

Basta uno sguardo del vicequestore per farmi indietreggiare e zittirmi nuovamente.

«Forse qualcuno dei partecipanti alla festa è loro complice. Magari proprio il cameriere che le ha fatte entrare» riprende Carla. «O uno degli altri domestici. Ad ogni buon conto abbiamo identificato tutti e nessuno ha lasciato questo appartamento dopo la rapina; quindi, se le rapinatrici avevano un complice si trova ancora qui.»

«Se c'è, lo troveremo» taglia corto Sebastiani. «Ci sono telecamere di sorveglianza nel palazzo?»

«Una sola, all'ingresso. Il portinaio ci consegnerà la registrazione appena possibile. Le altre telecamere sono in strada. Abbiamo richiesto i filmati di quelle posizionate sui semafori.»

«I signori Perego hanno figli?»

«Sì, uno: Matteo di ventidue anni.»

«Era alla festa anche lui?»

«No, abita in Inghilterra. Da quanto ci hanno riferito i suoi studia a Oxford.»

«Cos'altro sei riuscita a sapere delle rapinatrici?»

«Si sono date un nome: Bad Girls, cattive ragazze.»

Sto per sparare una battuta ma Loris mi previene con uno sguardo assassino. So bene che per lui, quando troppe cose non quadrano, non c'è spazio per l'ironia.

«Quanto ci vorrà ancora qui?» chiede ruotando l'indice in aria.

«Parecchio, stiamo interrogando tutti i presenti e raccogliendo le denunce...»

«Per cosa?»

«Per i furti subiti.»

«Ma se Perego ha detto che non hanno portato via nulla...»

«Fisicamente è vero. Virtualmente invece... Possiamo dire che li hanno spennati per bene.»

Sebastiani ormai mastica il sigaro come se fosse chewing-gum.

«Spiegati meglio, agente Rivolta.»

«Le Bad Girls hanno tenuto questa gente in ostaggio per tutta la notte: dalle dieci alle cinque di mattina...»

«Come mai così tanto?»

«Perché per quello che avevano in mente ci voleva tempo. Come sapete al giorno d'oggi la vita di ognuno è custodita nei nostri telefonini: video, foto, numeri di telefono e, per sfortuna, conti correnti bancari.»

«Vuoi dire che...»

«Esatto. Per prima cosa si sono fatte consegnare tutti i cellulari sbloccati o facendosi dare il pin.»

«E tutti hanno acconsentito di buon grado?»

«Ovviamente no: quel tizio che vedete laggiù con la mano fasciata non voleva assolutamente cedere. Gli hanno spezzato il pollice con una tenaglia per convincerlo a sbloccare l'iPhone...»

Sebastiani scuote la testa incredulo.

«Hanno usato i loro telefoni per collegarsi ai conti correnti?»

«Proprio così. Per autorizzare le operazioni basta l'impronta digitale senza bisogno d'inserire nessun codice. E per quelli a cui serviva una password sono stati costretti con la forza a fornirgliele. Dopo il giochetto con la tenaglia e il pollice si sono convinti tutti gli indecisi... Le nostre cattive ragazze sono state pazienti e metodiche: hanno ripulito ventisei conti correnti per un totale, euro più euro meno, di quasi due milioni di euro.»

Mascaranti emette un fischio.

«Avevano così tanti soldi liquidi?» domanda Sciacchitano.

«Considerate che alcuni di questi conti correnti erano aziendali: magari quei soldi servivano per pagare gli stipendi dei dipendenti o le fatture dei fornitori e invece...»

«Dove sono finiti?» domanda il vicequestore.

«Su un conto cifrato alle isole Cayman...»

«Che a quest'ora» intervengo non riuscendo più a trattenermi, «scommetto che è già stato svuotato.»

«Probabile visto che parliamo di un paradiso fiscale» conferma Carla. «Ad ogni modo ho qui il numero del conto.»

«Dallo al nostro Radeschi che controllerà» ordina Sebastiani.

Nessuno ci trova da ridire, nemmeno io, ovviamente. A ben vedere se ne dovrebbe occupare Sciacchitano che di computer è quello più "portato" della squadra Mobile, il che è tutto dire.

Ecco perché sono deciso a vendere cara la pelle: tutti sappiamo che sarò costretto a farlo ma in cambio devo ottenere una contropartita adeguata.

«Intendi che lo controllerò io anziché la polizia postale?»

«Intendo che tu darai un'occhiata, tanto per aiutarci a farci un'idea. Poi loro faranno la loro parte.»

«Si tratta di parecchio lavoro informatico...»

«Tranquillo, il sovrintendente Sciacchitano ti aiuterà; così visionerete anche i filmati e controllerete i cellulari e i conti correnti dei presenti. Contento?»

Sospiro.

«Cosa ci guadagno?»

«La mia gratitudine non ti basta?»

«Quella certo, oltre al diritto di raccontare la storia e magari la possibilità di utilizzare una eventuale foto delle rapinatrici ricavata dalle telecamere?»

Lo sbirro si stringe nelle spalle.

«Ammesso che ci sia.»

«Ovvio. Siamo d'accordo, quindi?»

La risposta che ottengo è un impercettibile movimento del sigaro che interpreto come un sì.

«Affare fatto, allora. Salto in sella al Giallone e ci vediamo fra mezz'ora in questura.»

6

Il caffè scorre a fiumi nei bicchieri di carta che tutti sorseggiano in silenzio nell'ufficio del vicequestore Sebastiani al terzo piano della questura. Gli sguardi sono appannati dal sonno, soprattutto quello di Radeschi, che sbadiglia mentre digita freneticamente sulla tastiera del computer.

Al suo fianco c'è il sovrintendente Sciacchitano che cerca di tenere il passo con quello che sta facendo il giornalista hacker.

Sebastiani se ne disinteressa e succhia il suo sigaro: ha appena ricevuto una chiamata da parte del questore Mino Ricci a cui ha riferito per filo e per segno tutto quello che sanno della rapina: praticamente nulla.

L'agente Carla Rivolta è seduta su una delle scomodissime poltroncine e ammazza il tempo controllando i messaggi sul cellulare. Della squadra, manca solo Mascaranti che è rimasto all'appartamento di via Monte Rosa insieme a quelli della Scientifica per i rilievi. Sanno che sarà difficile trovare delle tracce per via delle tute integrali con protezioni in kevlar e dei guanti di pelle che indossavano le criminali, ma non bisogna tralasciare nessuna pista.

«Ecco, ci siamo» annuncia Radeschi concedendosi un lungo sorso di caffè.

Gli altri si avvicinano per osservare le immagini sul monitor.

«Cosa stiamo guardando?» chiede il vicequestore lasciando correre il Toscanello da una parte all'altra della bocca.

«Ho recuperato dai cellulari degli invitati, e da quello che hanno postato in rete, sui social network, le immagini della serata.»

«C'è abbastanza materiale?»

«Più di quello che mi aspettavo vista l'età media dei presenti... Sufficiente per farsi un'idea.»

«Quei matusa postavano delle foto?» chiede stupita la Rivolta.

«Non loro. Molti dei ricconi alleggeriti – quelli magari con un divorzio alle spalle – si erano fatti accompagnare dalle nuove giovani compagne. Loro sì che non si sono risparmiate coi selfie e con le foto dei calici di champagne, scollature da urlo e brillocchi al dito!»

«Non vedo nulla d'interessante» mugugna Sebastiani dopo un'occhiata veloce. «Sono state tutte scattate prima della rapina...»

«Aspetta, ho tenuto il meglio per la fine. Ecco, questa è una diretta che una delle invitate stava facendo su Instagram.»

«Una cosa?»

«Diciamo un video, Loris.»

La registrazione mostra quattro donne armate fare irruzione nel grande salone e intimare a tutti di sdraiarsi a terra. Una di loro, con indosso la maschera di Lady Gaga, si avvicina minacciosa a quella che sta riprendendo col cellulare e le ordina di smettere.

«Cosa le dice?»

«Ora metto l'audio. L'avevo tolto per facilità nelle ricerche. Ecco, senti.»

"Spegni quell'affare, cocca."

Il vicequestore scuote la testa e inizia a rosicchiare il sigaro come fa sempre quando è nervoso.

«Perché è così metallica la voce?» domanda la Rivolta.

«Avrà le corde vocali irritate?» azzarda Sciacchitano subito fulminato da un'occhiataccia del vicequestore.

«Scommetto che porta un distorsore sotto la maschera» ribatte il giornalista. «Si tratta di un aggeggio che compri anche in rete e che ti camuffa la voce rendendola irriconoscibile.»

«Torna indietro col video» ordina Sebastiani. «Al momento in cui entrano e si vedono tutte e quattro.»

Radeschi ruota la rotellina del mouse fino a ottenere un fermo immagine abbastanza nitido.

«Chi dovrebbero rappresentare quelle facce di gomma?»

«Maschere di donne molto famose, Loris.»

«Be', io riconosco solo Marilyn Monroe. Le altre chi sarebbero?»

«Lady Gaga, Amy Winehouse e Audrey Hepburn.»

«Cantanti?»

«Le prime due sì, la Hepburn è quella di *Colazione da Tiffany*, è un film dei tuoi anni d'oro, dovresti conoscerlo. Quanto tempo è che non frequenti una donna che abbia almeno la metà dei tuoi anni?»

Sciacchitano e la Rivolta trattengono a fatica una risata mentre Sebastiani decide di non raccogliere la provocazione.

«Siamo sicuri che siano tutte donne?»

Carla si piega a osservare meglio il fermo immagine.

«A giudicare dai rigonfiamenti sul petto e dalle chiome che spuntano da dietro alla maschera non mi sembra ci siano dubbi» conferma la Rivolta.

«D'accordo» sospira Sebastiani lasciandosi cadere su una sedia. «Dal conto alle Cayman è venuto fuori qualcosa?»

Radeschi sospira prima di rispondere. È sconsolato perché ogni volta deve rispiegare tutto daccapo: «Lo sai che non ci posso entrare con uno schiocco di dita! Ci vuole la richiesta formale di un magistrato per quello. Ma se vuoi la mia opinione spassionata a quest'ora l'avranno già svuotato.»

«Spiegati meglio.»

«I criminali, al giorno d'oggi, usano un conto cifrato solo come appoggio dove il denaro rimane lo stretto necessario per convertirlo in bitcoin. A quel punto tanti saluti ai soldi che diventano irrintracciabili.»

«Quindi non abbiamo niente?»

«Be', abbiamo le maschere e le pistole, no?» interviene l'agente Rivolta. «Non possiamo cercare di risalire al rivenditore?»

«Ci avevo già pensato: peccato che quelle maschere si possano comprare in qualunque store online. Idem per le tute con protezioni in kevlar e i guanti di pelle.»

«Rimangono le pistole: quelle sui canali legali non le puoi comprare, giusto?»

«Sembrano delle Glock» osserva Sciacchitano avvicinando il naso allo schermo.

«D'accordo allora» riprende il vicequestore. «Agente Rivolta, sentiamo dai nostri informatori se sanno di qualcuno che ha comprato delle Glock nei giorni scorsi e vediamo se viene fuori qualcosa e poi...»

Sebastiani non riesce a finire la frase perché il telefono sulla sua scrivania si mette a squillare. «Avevo detto di non disturbarmi!» ringhia afferrando la cornetta. Però non riaggancia; rimane in ascolto e sbianca. Quando riattacca respira a fatica.

«Cosa succede?» chiede Radeschi preoccupato.

«Lonigro...» sibila.

Tutti si fanno più attenti: il commissario Vincenzo Lonigro è stato per lungo tempo uno della squadra Mobile, uno di loro. Compagni di indagini per anni finché, da qualche mese, era riuscito a ottenere il tanto sospirato trasferimento in Puglia, nella provincia di Foggia, sua città d'origine, dove ora vive con tutta la famiglia e dirige il commissariato di San Severo.

«È successo qualcosa a Vincenzo?» domanda Carla.

«È rimasto coinvolto in un conflitto a fuoco con alcuni affiliati della Società foggiana, quella che chiamano la quarta mafia. Uno dei proiettili l'ha colpito alla testa e...»

Sebastiani s'interrompe e si prende il capo fra le mani.

Non c'è bisogno di completare la frase: il loro amico purtroppo è morto.

7

Mai avrei pensato che mi sarebbe toccato scrivere un coccodrillo per un amico sbirro. Uno di quei pezzi in cui ne ripercorri la vita raccontandone, se ce ne sono, le gesta eroiche o infarcendo il tutto di grande fantasia, se il materiale scarseggia.

Le mie dita è come se andassero al rallentatore sulla tastiera, perché ogni parola mi evoca un ricordo, una situazione, un'indagine in cui abbiamo collaborato. Con il commissario Lonigro non eravamo certo amici per la pelle, semmai l'esatto contrario; col tempo, tuttavia, avevamo trovato il nostro equilibrio e ci rispettavamo. Non posso credere che ora l'abbiano ammazzato. La notizia è già apparsa su tutte le testate online. Gli hanno sparato in pieno centro e insieme a lui sono rimasti feriti due agenti mentre i banditi sono riusciti a scappare.

Le circostanze sono ancora da chiarire ma, per ora, come già aveva comunicato Sebastiani, si parla del regolamento di conti fra due famiglie rivali; una faida, insomma, in cui i poliziotti si sono trovati nel mezzo...

Il ministro dell'Interno ha rilasciato una dichiarazione dicendo che si impegneranno tutte le risorse disponibili per assicurare i responsabili alla giustizia.

Le solite frasi fatte, sospiro abbandonando la mia postazione di lavoro per lasciarmi cadere sul divano, dove subito vengo raggiunto dal piccolo Rimbaud che, con un balzo, mi atterra sulla pancia e, senza preavviso, comincia a leccarmi la faccia.

È un chihuahua di quattro chili che, in teoria, apparterrebbe a Marika, la mia cuginetta scapestrata, ma che, nella pratica, trascorre le giornate con me. Per sua fortuna, mi verrebbe da dire, visto che la giovane padrona – una studentessa fuori corso, e fuori di melone, della Statale che si è impossessata di casa mia col benestare di mia madre e che io non riesco a sbattere fuori – è sempre in giro. E quando c'è se ne sta chiusa in camera da letto a sollazzarsi con qualche nuovo amichetto.

Così, dopo aver praticamente adottato Rimbaud – che si chiamerebbe Arturo in realtà ma a cui, essendo un maledetto come Arthur, ho cambiato nome – per non rassegnarmi a dormire sul divano del mio appartamento sotto a un orrendo cactus che Marika invece trova adorabile, ho fatto di necessità virtù e mi sono trasferito altrove. L'altrove in questione è il lussuoso appartamento di Fuster, il mio ex assistente ricco; l'accordo che abbiamo stipulato è che, finché lui rimarrà a curare il vigneto di famiglia in Toscana, io – come un novello Higgins al servizio del signor Masters – baderò a casa sua, uno splendido attico con mansarda che affaccia sui giardini di via Palestro dove, tra l'altro, ha sede anche la redazione di *MilanoNera*. Casa e bottega, insomma.

Accarezzo la testolina del cane mentre inizio a raccogliere le idee per l'articolo sulla rapina delle Bad Girls visto che è quasi l'una del pomeriggio e ancora non ho scritto una sola riga al riguardo.

Le mie buone intenzioni, però, vengono presto infrante da una telefonata del Danese.

«Hai già mangiato?»

«No, sto lavorando.»

«Un boccone non ti impedirà di scrivere le tue stronzate dopo. Passo a prenderti fra cinque minuti. Fatti trovare sotto.»

«A prendermi? Ma tu non hai...» cerco di ribattere ma ha già riattaccato.

Non mi stupisco: non è certo uno a cui piace discutere, il Danese. Gli voglio bene anche se, per la maggior parte del tempo, lo detesto visceralmente per come si comporta.

Il soprannome deriva dal fatto che, per molto tempo, ha gestito un chiosco di pizze a Christiania, il quartiere hippy delle droghe libere di Copenaghen. Ho sempre avuto il sospetto che tutta la maria che si è fumato in quel periodo continui ad avere un effetto permanente su di lui, tipo Obelix con la pozione magica per intenderci.

Su quello che ha combinato prima di conoscerci regna un fitto mistero; sono solo riuscito a sapere che sua madre era italiana – per questo parla perfettamente la lingua – mentre il padre era greco. Il suo vero nome è Chrestos Dukas ma nessuno sano di mente lo chiama mai così.

«Solo gli sbirri e gli avvocati mi chiamano per nome» aveva sentenziato una volta e, da allora, io non mi ero più azzardato a rifarlo.

Fra le vicende oscure del suo passato c'è il fatto di aver avuto una moglie, svedese o norvegese, che è morta male. Come lo ignoro, ma non posso nemmeno chiederglielo perché mi ha espressamente fatto capire, con un coltello molto affilato vicino alla mia gola, che quella è una faccenda di cui preferisce non parlare.

Ormai ci conosciamo da parecchio, da quando, durante i miei anni da fuggiasco, ci siamo incrociati dopo una rissa in un bar di Nicosia. Il suo mestiere ufficiale era quello di commerciante di birra di contrabbando a Cipro. Roba difficile da spiegare. Ora, mentre sta in Italia, pare abbia affidato a degli amici quel fiorente business. All'inizio diceva che sarebbe rimasto a Milano per tenermi fuori dai guai – il che è quasi vero visto che mi ha già salvato la vita in almeno due occasioni – peccato che ora i problemi corrano sempre più spesso appresso al Danese e che lui li conduca poi da me.

Ne ho l'ennesima conferma quando me lo ritrovo davanti in sella a una bellissima Triumph Bonneville T100 nera e fiammante. Sorride compiaciuto mentre gira la manopola del gas e fa ruggire il potente motore.

«Questa da dove salta fuori? Escludo che tu l'abbia comprata.»

«Esclusione sensata, Sherlock.»

«L'hai rubata?»

«Rubata! Sempre a riempirti la bocca con delle esagerazioni! Diciamo che l'ho presa in prestito. Anzi, meglio, l'ho rapita, ecco.»

«Rapita? Ma che cosa dici? Si rapiscono le persone...»

«Fidati che il tizio a cui l'ho presa tiene più a questa bellezza che alla moglie.»

«Un ricatto quindi.»

«Direi più la garanzia che il nostro amico ripagherà il suo debito.»

«Nostro?»

«Dei russi. Sai com'è, mi hanno chiesto un favore.»

«Illegale immagino.»

«Non è gente che va troppo per il sottile quella, lo sai. Adesso però sali, non ho tutto il giorno per fare conversazione e poi muoio di fame: ti va una grigliata mista al Paso de los Toros?»

8

I sigari masticati nervosamente e poi gettati nel cestino sono già tre: quello è il suo pranzo insieme a un numero imprecisato di caffè di cui Mascaranti lo rifornisce a ciclo continuo.

Sebastiani cammina avanti e indietro per l'ufficio come una belva in gabbia; è furioso per quello che è capitato al commissario Lonigro. Un collega ma anche un amico, una persona con cui aveva trascorso anni, affiancandolo nelle indagini più complesse. Con lui e Radeschi a rivaleggiare per poi trovare sempre un accordo soddisfacente per il quieto vivere...

E ora l'avevano ammazzato come un cane, in una insulsa faida di cui ancora la dinamica non era chiara.

Mentre si appresta a masticare il quarto Toscanello sulla porta dell'ufficio compare il sovrintendente Sciacchitano accompagnato dall'agente Rivolta.

«Ci sono novità?»

«Sì, dottore» conferma il poliziotto. «Ci hanno trasmesso le registrazioni della telecamera del palazzo. Il portinaio ci ha messo un po' ma finalmente sono arrivate, vuole dargli un'occhiata?»

Un movimento ondulatorio del sigaro viene interpretato dai due poliziotti come un segnale di conferma. Sciacchitano prende posto davanti al computer e ci collega una penna usb.

«Come si vede dall'orario in sovrimpressione questo video è stato registrato poco prima delle ventidue di ieri sera.»

Per i primi minuti non si vede nessuno.

«Manda avanti veloce» ordina Sebastiani spazientito.

Quando il timer indica le ventidue e zero tre finalmente compare qualcuno.

«Rimetti a velocità normale.»

«Sono loro, le Bad Girls!» esclama la Rivolta. «E purtroppo indossano già le maschere.»

I poliziotti osservano la scena increduli.

«Ma come...» borbotta Sciacchitano. «Come hanno fatto a entrare?»

Il sigaro nella bocca di Sebastiani compie una rotazione completa.

«Semplice» sibila il vicequestore. «Avevano una copia della chiave del portone d'ingresso!»

«Be', questo restringe il campo...» commenta il sovrintendente.

«Come no. Soltanto a tutti gli inquilini del palazzo più i loro domestici, parenti e così via. Quanti saranno?»

«Ci sono sedici appartamenti in quello stabile» risponde pronta la Rivolta. «Se consideriamo almeno tre persone per ognuno...»

«Basta con la matematica! Mettetevi al lavoro e interrogate tutti» taglia corto Sebastiani. «La rapina forse è stata pianificata da qualcuno che abita o frequenta abitualmente quel palazzo.»

«Abbiamo già dei sospettati?» chiede Sciacchitano alzandosi in piedi.

«Tutti quanti! Voglio che ogni famiglia controlli di essere ancora in possesso dei propri mazzi di chiavi. Se le hanno smarrite o gli sono state rubate partiremo a indagare da lì.»

9

Il pranzo col Danese è stato pantagruelico – una *parrillada mixta* che avrebbe sfamato un esercito innaffiata da un ottimo syrah – al punto che appena rientro a casa, complice anche la levataccia del mattino per via della rapina, mi stendo sul divano e cado in un sonno profondo ed etilico dal quale riemergo solo dopo un paio d'ore, rendendomi conto che devo assolutamente scrivere il pezzo sulle Bad Girls. Per fortuna ho un asso nella manica: mi sono salvato il fermo immagine di quando, pistola in pugno, fanno irruzione nel salone mentre la festa è in corso. Sembra una di quelle scene alla Tarantino, un po' *Kill Bill* e un po' *Pulp Fiction*, in cui ti viene da tifare per i cattivi. E infatti, appena lo pubblico, i miei lettori si schierano apertamente per le cattive ragazze: dopotutto non hanno ferito nessuno e gli hanno pure lasciato i portafogli e i gioielli. Stando ai loro commenti le Bad Girls vengono immediatamente percepite come misteriose eroine da glorificare sui social network. La foto delle quattro in maschera diviene immediatamente virale e l'hashtag #BadGirls galoppa fin quasi in cima alla classifica dei più cliccati.

Vorrei cavalcare l'onda con maggiori dettagli e informazioni ma dalla questura non arriva nessuna ulteriore notizia. Li capisco: la perdita di un amico, prima che di un collega, è un duro colpo da sopportare e tutto il resto passa in secondo piano. Normalmente non mollerei l'osso così presto ma anch'io sono scosso per ciò che è accaduto a Lonigro, pertanto mi accontento di ciò che ho scritto e decido di distrarmi portando Rimbaud a spasso al parco di Palestro. È il nostro piccolo rito: io tengo il cellulare in tasca per tutto il tempo e osservo le persone, i padroni degli altri cani, i pazzi che corrono con questo freddo. Mi aiuta a liberare la mente.

Quando rientriamo il sole è ormai tramontato da un pezzo e il freddo è sempre più pungente; per fortuna in casa di Fuster l'impianto di riscaldamento è centralizzato e la temperatura non scende mai sotto ai ventidue gradi. Il mio spirito ambientalista si ribella a questo spreco di energia mentre le mie chiappe vigliaccamente ringraziano per il dolce tepore che le accoglie.

Dopo un'altra occhiata alle statistiche di *MilanoNera* – ormai la mia è un'ossessione simile a quella di un trader che controlla compulsivamente le quotazioni dei titoli di borsa – decido di concedermi una doccia calda per rimettermi in sesto e, già che ci sono, ne approfitto per indossare una delle mie nuove t-shirt. Da tempo ormai ho dismesso le camicie – che non ho mai imparato a stirare come si deve – a beneficio di una batteria di magliette nere su cui faccio stampare le frasi più assurde. L'ultima è arrivata proprio stamattina col corriere e ancora non ho avuto modo d'indossarla. Lo faccio adesso mentre avvio una videochiamata con Andrea che, a quest'ora, dovrebbe essere nella sua camera in hotel.

«Buonasera.»

«Ciao! Cos'è quella roba che indossi?»

«Roba? Mi vuoi dire che non ti piace?» chiedo fingendo di mettere il broncio.

Lei sorride e scuote la testa. Porta solo un paio di mutandine e un reggiseno; è seduta sul letto con le gambe nella posizione del loto.

«Avanti, guarda meglio» la esorto inquadrando la scritta LUPPOLO ULULÌ, BIRRIFICIO ULULÀ, una sorta di omaggio a quella che è la mia seconda casa: il Birrificio di Lambrate.

Ride di gusto.

«Se fossi lì te la toglierei...»

«Ah sì? E dopo cosa succederebbe?»

Andrea mi guarda maliziosa. Poi però inaspettatamente si alza in piedi e s'infila un vestito.

«Ehi, ma cosa fai?» protesto. «Avevo capito che stessimo per fare sesso telefonico.»

«Sarà per la prossima volta, caro il mio stallone telematico» risponde lei aggiustandosi il vestito sulle gambe. «Ora ti devo salutare, bussano alla porta.»

«Chi è, il tuo amante?»

«Magari! Scommetto che è Caterina che scalpita per andare a cena.»

«A quest'ora?»

«Ma se sono le sette e mezzo di sera! Qui è perfino tardi per cenare; e poi dimmi: da quando sei così geloso?»

Scuoto la testa, senza sapere cosa rispondere.

«Riprenderemo da qui quando rientro, ok? Siamo rincasate meno di mezz'ora fa dalla conferenza e io sto morendo di fame! Affare fatto?»

«Affare fatto» sibilo. «Ma ti costringerò a fare cose...»

«... che voi umani. Lo so. Baci, Enrico, a dopo.»

Lo schermo diventa nero e Rimbaud mi salta in braccio.

«Anche noi abbiamo fame, vero? Per te croccantini di pollo e per me, be', ordinerò una pizza: il miglior rimedio alla malinconia!»

Birra, pizza al salamino piccante e serie crime in tv riescono a distogliermi per un paio d'ore dal pensiero di Andrea e di quella nostra cosa lasciata a metà...

Alle dieci e mezzo, però, ormai provato dall'attesa, la richiamo ma non risponde.

Aspetto altri dieci minuti saltando da un'emittente

all'altra senza prestare attenzione a nulla, quindi compongo ancora il numero. Di nuovo la linea suona libera e, dopo diversi squilli, scatta la segreteria.

Riattacco pensando che le notti salisburghesi abbiano davvero molto da offrire se Andrea non trova nemmeno il tempo di rispondermi... Le invio un messaggio chiedendole di richiamarmi appena rientra in hotel, a qualsiasi ora.

Mi sento come un marito geloso e possessivo ma sto iniziando seriamente a impensierirmi, perché non è da lei non farsi sentire e ignorare le chiamate. Mi dico che si starà divertendo insieme alla sua amica e mi impongo di rimanere tranquillo. Dopo due bicchierini di rum tracannati alla goccia, ci riesco talmente bene che crollo addormentato davanti al televisore. Mi risveglio di scatto, alle prime ore del mattino: il telefono non ha squillato e lei non ha risposto al mio messaggio, così riprovo a chiamarla. Il cellulare di Andrea suona ancora libero ma lei non risponde. Stavolta lascio un messaggio in segreteria: ora sono davvero preoccupato che le sia capitato qualcosa.

Mi alzo in piedi e cammino avanti e indietro per il salone sotto lo sguardo assonnato di Rimbaud.

Quando ormai ho deciso di chiamare la polizia mi arriva un messaggio dal telefono di Andrea che, anziché tranquillizzarmi, mi getta nello sconforto più totale.

10

Il Danese detesta il mondo, l'umanità in generale. Non ama le sorprese né le improvvisate. Ancora meno se queste capitano alle cinque e mezzo del mattino, quando lui si è infilato sotto le coperte meno di un'ora prima.

La faccia sconvolta di Radeschi però gli fa mutare atteggiamento e istintivamente toglie la mano dal coltello che aveva già impugnato nella tasca.

«Che cazzo ci fai qui a quest'ora?»

Enrico scuote la testa e lui si sposta di lato per farlo entrare nel suo fetido monolocale. Per arrivare sin lì i visitatori devono essere molto motivati: prima perché si è obbligati a salire una scaletta ripida e maltenuta che conduce a un ballatoio stretto e popolato di mozziconi di sigaretta; poi perché, quando si mette piede all'interno, pare di essere proiettati nell'antro di un clochard.

Tutto è ricoperto da un sottile strato di polvere e il luogo puzza di chiuso e di marijuana. Nonostante il freddo polare, il padrone di casa è a torso nudo; indossa solo un paio di pantaloni militari da cui, per un attimo, Radeschi scorge fare capolino Iris, la sua iguana. Il Danese se la porta sempre addosso e, anche quando non te l'aspetteresti, l'animaletto è lì pronto a spuntare fuori da un momento all'altro.

«Che hai fatto? Hai ammazzato qualcuno? Anzi no, non voglio saperlo.»

Sorride come se avesse fatto la battuta del secolo ma il giornalista non muta espressione.

«Mi dici cosa succede, Enrico? Non ti ho mai visto in questo stato...»

«Andrea non risponde alle mie telefonate...»

«Oh, e per così poco tu monti 'sto casino? Starà dormendo o, al limite, scopando con un altro. In entrambi i casi il mondo non finirà per...»

Le parole muoiono in bocca al Danese quando Radeschi gli mostra un'immagine sul cellulare. Nella fotografia si vede la ragazza con le caviglie e i polsi legati e del nastro adesivo sulla bocca. È rannicchiata dentro quello che sembra il bagagliaio di un'auto e dallo sguardo appare terrorizzata.

«Mi è stata spedita col cellulare di Andrea. L'ho ricevuta venti minuti fa, insieme a un messaggio.»

Il Danese sospira e fissa Radeschi negli occhi.

«Hurricane è tornato?»

«Esatto.»

«Cosa c'è scritto nel messaggio?»

«"Fai in fretta o morirà. Se chiami la polizia scordati di rivederla viva. Hai fino alle sei di stasera. Presentati da solo a questo indirizzo."»

«Che posto è?»

«Da quel che ho capito cercando in rete si tratta di un *Biergarten* di Salisburgo.»

«Cazzo, in Austria?»

«Sì, è lì che l'ha rapita. Andrea era a un convegno di giornalismo e lui deve averla seguita.»

«Cosa pensi di fare?»

«Di andarci. Credo voglia fare uno scambio: me per lei.»

«Vuole farti fuori. Però, magari prima ti offre da bere visto che ti ha dato appuntamento in un *Biergarten*.»

Il giornalista non sorride.

«Devo andarci. Altrimenti Andrea morirà.»

«Cosa vuoi che faccia?»

«Non posso chiamare la polizia ma...»

«... puoi chiamare il tuo amico della malavita. Mi pare sensato, in effetti. Sei consapevole che si tratta di una trappola, vero?»

«Sì.»

«Bene» risponde il Danese indossando una maglietta lurida, «ora che sappiamo che appena ti vedrà ti sparerà in fronte dimmi un'ultima cosa: quanto ci mettiamo ad arrivare?»

Enrico controlla velocemente sul cellulare.

«Google dice sei ore di macchina. Sono 577 chilometri.»

«Perfetto, ce ne impiegheremo quattro.»

«E come, volando? Se stai pensando di andarci con la moto di quel tizio sei fuori di testa; fa troppo freddo. Ci vuole un'auto e noi non l'abbiamo!»

«Quella la rimedio io, non preoccuparti. Ci vediamo da te fra un'ora. Saremo a Salisburgo prima di pranzo e avremo tutto il tempo per studiare il posto ed elaborare un piano per sistemare quel bastardo per sempre!»

11

Il Danese è di parola e con addirittura due minuti d'anticipo si presenta sotto casa con una Volvo XC40 verde metallizzato. Un suv con interni in pelle e cerchi in lega decisamente adatto per un viaggio confortevole. Io sono pronto; non psicologicamente ma almeno ho fatto i bagagli: ho portato uno zainetto e Rimbaud, che tengo in braccio perché fa talmente freddo che temo gli si ghiaccino le zampe se lo poso a terra.

«Viene anche la belva?» domanda stupito Chrestos.

«No, lo lasciamo a mia cugina Marika, tanto è di strada: sta finalmente preparando la tesi e sembra una persona diversa ultimamente, studia e non ha più grilli per la testa. O tra le gambe...»

«Sarà entusiasta di venire svegliata all'alba» ribatte lui ingranando la prima.

Entusiasta proprio no, tuttavia ritrovarsi fra le braccia il piccoletto, dopo una settimana che non lo vede, l'addolcisce. Si sforza addirittura di sorridere mentre, con gli occhi assonnati, mi saluta e chiude la porta stringendo a sé Rimbaud.

«Fatto?»

Quando decide di essere retorico il Danese non lo batte nessuno; perciò rispondo anch'io con una domanda di cui conosco a priori la risposta.

«Quest'auto è di un tuo amico russo?»

«Non proprio.»

«Rubata?»

«Macché, è tutto in regola! Ci sono pure i documenti nel portaoggetti.»

«Se è per questo, possono averla rubata con tutto dentro.»

«Proprio non ti fidi, vero, Enrico?»

«Si tratta di uno come quello della moto, dico bene? Un tizio che tiene più a quest'auto che alla famiglia.»

«Vedi che quando ti impegni ci arrivi? Prendere in custodia coatta i beni materiali per far sganciare il denaro è meno pericoloso che rapire delle persone in carne e ossa.»

«Ma non mi dire...»

«Non solo: è anche molto più efficace visto che quasi sempre si convincono a pagare. Anche perché la polizia se ne frega di casi come questo, al limite suggerisce allo sventurato di sporgere denuncia all'assicurazione e la cosa finisce lì.»

«Quindi è come se fosse tua quest'auto?»

«Meglio ancora; con questa non dobbiamo nemmeno preoccuparci del tutor per il controllo dei limiti e delle eventuali multe che potranno arrivare: quelle se le becca tutte lo stronzo del proprietario!»

«Sono ammirato dalla raffinatezza del tuo ragionamento.»

«Ne sono felice, perché inizio davvero ad annoiarmi. Possiamo partire ora o devi fare pipì?»

«Andiamo, e che Dio ce la mandi buona!»

La Volvo parte sgommando in uno stridore di pneumatici da vergognarsi. So che il Danese l'ha fatto apposta per innervosirmi e proprio per questo non emetto nemmeno un fiato.

Non siamo qui per divertirci ma per salvare la mia ragazza dalle grinfie di uno psicopatico omicida che, messa così, sembra la trama di un classico film horror di serie B e invece, purtroppo, è la realtà.

Ho provato a richiamare Andrea sul cellulare ma il suo aguzzino lo tiene spento: sa che se lo accende, con le mie conoscenze informatiche, posso rintracciarne la posizione. Mi sono comunque portato dietro il laptop, per ogni evenienza. La mia coperta di Linus digitale.

Imbocchiamo l'autostrada che è ancora deserta a eccezione di una fila di camion che procedono lenti come elefanti in marcia nella savana.

Il Danese mette subito in chiaro le sue intenzioni: si piazza nella corsia più esterna e non scende mai nemmeno per sbaglio sotto i duecento all'ora. Lampeggia costantemente agli automobilisti davanti perché si levino di mezzo e, quando non eseguono prontamente, gli si piazza a un millimetro dal paraurti posteriore, a ribadire il concetto che lui ha fretta e lo stronzo deve lasciargli libera la corsia. Normalmente odierei questo comportamento ma oggi abbiamo un'emergenza e vale tutto, pure la maleducazione.

Intorno scorrono capannoni bassi e campi coperti di brina, rischiarati dalle prime luci del sole. Passiamo Bergamo, poi Brescia senza scambiare nemmeno una parola.

Quando finalmente imbocchiamo l'Autobrennero a Verona, il mio compagno riacquista l'uso della favella.

«Rinfrescami la memoria.»

«Prego?»

«Riguardo al tizio che ti dà la caccia da anni.»

«Cosa vuoi sapere?»

«Inizia col soprannome.»

«Hurricane, come era chiamato il pugile Rubin Carter. Si è fissato con la canzone di Bob Dylan che ne racconta la vicenda giudiziaria e umana.»

«Tira di boxe?»

Sospiro osservando la monotonia del paesaggio scorrere veloce fuori dal finestrino.

«Anche. Ma è una lunga storia.»

«Questo non è un problema, Enrico: abbiamo ancora parecchi chilometri davanti e io ho tutto il tempo per ascoltarla.»

12

Sebastiani mordicchia il sigaro e osserva l'alba sorgere pigra attraverso i vetri appannati dalla condensa della finestra del bagno.

Stringe una tazzina di caffè ormai vuota mentre Nadine è ancora addormentata nel letto. C'è ricascato nuovamente ma non se ne fa un cruccio: quando ti muore un amico hai voglia di svuotare la mente. Di non pensare, di sbronzarti e di fare sesso finché non ti ricordi più nemmeno come ti chiami. E così è stato per tutta la notte. Ha dormito poco e malissimo in quel letto non suo finché ha deciso di alzarsi per aspettare che facesse giorno. Siccome non c'erano altre stanze in cui stare si è rifugiato lì, seduto sulla tazza a guardare il sole nascere.

La casa è minuscola, un monolocale in affitto dove c'è spazio praticamente solo per un tavolino con un paio di sedie, un fornello col lavello incorporato, un armadio e il letto.

Gli studenti non hanno bisogno di molto, del resto, trascorrono le giornate fuori a divertirsi o sotto le lenzuola a fare altrettanto.

Appena le lancette sul suo orologio da polso indicano le sette decide che ha aspettato abbastanza e, dopo essersi vestito in fretta, lascia l'appartamento come un ladro. Arrivato in strada un vento gelido lo assale e si stringe istintivamente nel suo cappotto sempre troppo leggero. In giro c'è già parecchio traffico, come sempre nel quartiere Città Studi.

Quando sale intirizzito a bordo del suo suv, si rende conto che non lontano da dove ha parcheggiato si trova il Birrificio di Lambrate, luogo che il suo amico giornalista frequenta assiduamente. Basta quella piccola scintilla per fargli decidere che è venuto il momento di buttare giù dal letto anche lui.

Compone il numero e si prepara a una lunga attesa.

Inaspettatamente, però, la voce di Radeschi gli arriva subito dopo il primo squillo.

«Sei già sveglio?»

«Sono in piedi da un pezzo, in realtà. Volevi svegliarmi per dispetto?»

Il Toscanello inizia a correre da un'estremità all'altra della bocca del vicequestore.

«Può darsi. Tu però dimmi: è successa una disgrazia di cui non sono ancora stato informato?» domanda cauto.

«Non che io sappia.»

«E allora che cazzo ci fai in giro a quest'ora?»

Dall'altra parte della cornetta Sebastiani avverte un momento d'incertezza.

«Chi ti dice che io non stia tornando a casa dopo una notte di baldoria?»

«Tu? Impossibile! Hai le abitudini di un pensionato!» lo sferza Sebastiani mettendo in moto. «Comunque ti aspetto in questura alle nove per il punto sull'indagine, ok?»

«Non oggi.»

La risposta suona davvero strana al poliziotto che, incuriosito, spegne istintivamente il motore per continuare la conversazione.

«Stai male?»

«Sto bene, Loris. Non...»

«Cos'è questo rumore, sei in auto?»

«Sei proprio uno sbirro.»

«Non hai risposto.»

«Sì, sono in macchina: io e il Danese facciamo una gita.»

Il sigaro del vicequestore compie un'intera rotazione.

«Mi stai dicendo che te la squagli nel mezzo di un caso? Non è da te.»

«Torno presto, tranquillo. Lo so che non ce la fai proprio a risolvere nulla senza il mio aiuto!»

Come risposta il giornalista ottiene un grugnito.

«Avevi qualche elemento nuovo da condividere?» domanda poi per rompere il silenzio che si è creato.

«Niente che puoi scrivere.»

«D'accordo, Loris. Tanto, anche se volessi, in questo momento non potrei. Quello che mi dirai rimarrà fra noi. Contento?»

Sebastiani sospira.

«Ci hanno mandato il video della telecamera interna al palazzo: le rapinatrici avevano le chiavi del portone.»

«Be', questo ha senso.»

«Ha senso?» sbotta il poliziotto. «Ma di cosa stai parlando? A me sembra che non ne abbia affatto...»

«Mi riferivo al distorsore. Non capivo perché l'avessero adoperato: che bisogno avevano quelle quattro di camuffare la loro voce? L'unica spiegazione logica era che avessero paura che qualcuno le riconoscesse...»

«Messa così ha senso, in effetti» rumina il vicequestore iniziando a mordicchiare il Toscanello.

«Te lo dicevo!»

«Quindi cerchiamo qualcuno della famiglia. O un'amica. O un'inquilina del palazzo...»

«Oppure si tratta di una delle invitate che, anziché presentarsi ufficialmente, si è fatta accompagnare da tre amiche che hanno animato in modo assolutamente originale quel mortorio di festa.»

«Ragioni proprio da criminale.»

«Lo so. Per prenderli devi entrarci in sintonia: lo dici sempre anche tu, no? Ora scusa ma devo salutarti. Siamo quasi al confine...»

«Al confine? Ma dove...»

Radeschi però ha già riattaccato e il sigaro di Sebastiani è ormai da buttare.

13

Il sole illumina le vette delle montagne imbiancate e i due lati dell'autostrada sono costellati da appezzamenti di vite ora ricoperti da un sottile strato di neve. Sono le zone in cui si producono il lagrein e il gewürztraminer, peccato che in questo momento l'alcol mi interessi più o meno come la pedicure.

Ci pensa comunque il Danese a tirarmi su lo spirito appena chiudo la chiamata con Sebastiani.

«Sembrate due innamorati che tubano...»

«Cosa vuoi dire?»

«Per via del modo in cui vi parlate al telefono, intendo. Non è che...»

«Smettila e guida.»

«No, smettila tu di svicolare. Mi stavi per raccontare di Hurricane. Avanti, sono tutto orecchie.»

«Prima passiamo il confine. Manca poco e dobbiamo ancora comprare la vignetta.»

«Eh?»

«Serve per le autostrade austriache: è un adesivo che si appiccica sul vetro. Una specie di abbonamento.»

«Scherzi, mi auguro.»

«Niente affatto: lo so che le multe le paga il proprietario dell'auto ma comunque è meglio se non ci facciamo fermare dalla polizia, cosa ne pensi? La vendono anche all'autogrill. Ecco, entra in quello, mentre tu fai benzina io la compro.»

Il Danese scuote la testa ma inserisce la freccia.

Ripartiamo con il serbatoio pieno e la vignetta appiccicata sul vetro. Una manciata di minuti e varchiamo il confine senza nessun controllo. L'Austria ci accoglie silenziosa e innevata.

«Sto ancora aspettando la tua storia.»

Sospiro. Ricordare mi costa fatica e anche sofferenza ma non posso più sottrarmi, così mi arrendo e inizio a raccontare.

«Hurricane non è nato bandito, ci è diventato per colpa di un errore giudiziario. Appena maggiorenne è finito a San Vittore per un reato che non aveva commesso.»

«Dicono tutti così.»

«Nel suo caso era vero. Però alla libera università del quarto raggio, come la definiva lui, ha trovato la sua ispirazione: è entrato innocente e ne è uscito criminale.»

«Quando è successo?»

«Oh, un secolo fa: nel 1975.»

Il Danese emette un fischio.

«Ha un nome questo tizio?»

«Certo, ma non è importante visto che non lo usa da almeno quarant'anni. Per tutti è solo Hurricane.»

«Quanti anni ha adesso?»

«Sulla sessantina, anzi sessantaquattro per la precisione: quando è uscito dal gabbio ne aveva ventitré.»

«Poi cos'è successo?»

«La notte stessa in cui è stato scarcerato ha ucciso la sua prima vittima: una donna che si era invaghita di lui. Le tagliò la gola, dopo averci fatto sesso, e poi le incise sul ventre quello che divenne il suo segno distintivo: una H. Va bene così o vuoi tutta la sua biografia?»

«No, mi basta la parte in cui entri in gioco tu a guastargli la festa.»

Aggrotto la fronte.

«In effetti, senza di me forse nessuno l'avrebbe mai preso. All'epoca, e ti parlo di una decina di anni fa, Hurricane era diventato un criminale di primo piano, imprendibile e spietato. Cambiava nomi e identità come fossero abiti.»

«Come ha fatto a rimanere latitante per così tanto tempo?»

«Abilità innanzitutto. E poi si era fatto una plastica facciale. Pensa che ha vissuto in Francia, a Parigi, per molti anni fingendosi un avvocato d'affari: monsieur Olivier Riva, originario di Lugano. Qui ha incontrato una donna italiana che ha sposato e successivamente ucciso da cui ha ereditato una casa e un terreno nella Bassa...»

«Fammi indovinare: a Capo di Ponte Emilia.»

«Esatto. Si fingeva un allevatore, solo che io...»

«Hai iniziato a ficcanasare e alla fine lui è stato catturato.»

«In estrema sintesi, sì. Prima però aveva avuto il tempo di uccidere la mia ragazza dell'epoca, Delia.»

«Ricordo la storia. E rammento anche che poco dopo l'arresto era riuscito a evadere e si era messo a darti la caccia. Così tu eri fuggito da Milano cancellando tutte le tue tracce...»

«Proprio così. Dopo cinque anni in giro per il mondo ero venuto a sapere che Hurricane era morto: la polizia lo aveva individuato a Vicenza e durante l'inseguimento la sua auto era finita fuori strada e si era incendiata con lui all'interno. Hanno ritrovato il suo corpo carbonizzato.»

«Quindi quello che ha rapito Andrea è il suo fantasma?»

«Non credo. Hurricane non muore mai, ha sette vite come i gatti e, ci scommetto, quell'incidente è stata solo una messa in scena per farmi uscire allo scoperto. Quello che so è che mi tiene d'occhio da molto tempo. Da prima ancora che io ritornassi a Milano...»

Il Danese annuisce e non mi chiede più nulla. Ha capito che non mi va più di parlare. Appoggio la fronte al finestrino mentre l'auto corre veloce e il Tirolo, fuori dai vetri, mi appare come un'infinita e noiosa distesa bianca e ordinata.

14

Il bar di fronte alla questura è deserto. A metà mattina è sempre così e Sebastiani ci è andato apposta per stare tranquillo: ha bisogno di calma per riflettere, certo che lì il questore non andrà mai a cercarlo.

È seduto a un tavolino con davanti una tazzina di caffè vuota e una copia spiegazzata del *Corriere* in cui si racconta della rapina a casa Perego.

Leggendo ha masticato un Toscanello per il nervoso: al solito la ricostruzione della giornalista che ha scritto il pezzo è fantasiosa e largamente inesatta.

Mentre s'infila un nuovo sigaro fra le labbra si trova a considerare che mai avrebbe pensato di rimpiangere i giorni in cui c'era Radeschi come corrispondente di nera per il quotidiano milanese. Pur con tutti i suoi difetti, Enrico cercava sempre di non esagerare e di rimanere obiettivo. La giornalista che ha preso il suo posto, Darla Marini, invece, pare non conoscere la diplomazia né tantomeno le mezze misure, anzi, più le spara grosse, più si compiace: «La polizia brancola nel buio. Gli inquirenti non hanno nessuna pista visto che le criminali si sono dileguate senza lasciare tracce. Unica speranza: si cercano indizi visionando i filmati delle telecamere di sorveglianza.»

E questo solo nel titolo e nel sommario!

L'articolo, poi, visto che dalla questura non avevano

55

fornito ulteriori dettagli, era bellamente scopiazzato da quello che Radeschi aveva pubblicato su *MilanoNera* e che, probabilmente, tutti i media avevano preso come spunto visto che riportava anche una foto delle quattro con indosso le maschere mentre facevano irruzione nell'appartamento...

Il vicequestore si passa il sigaro da una parte all'altra della bocca mentre rilegge quelle righe pieno di disappunto. Per fortuna ancora non sanno del distorsore della voce né della chiave usata per entrare dal portone principale, ma lo scopriranno presto e lui non ha nessun nuovo elemento. Avrebbe bisogno di Enrico, del suo aiuto, delle sue intuizioni.

Ordina un altro caffè mentre si domanda cosa diavolo starà facendo il giornalista insieme al suo amico greco.

15

Il freddo è intenso ma il cielo è azzurro e terso. La massiccia fortezza Hohensalzburg domina Salisburgo mentre una funicolare pigra fa la spola fra la città e i suoi possenti bastioni.

Abbasso lo sguardo e mi ritrovo davanti la faccia compiaciuta del Danese.

Gongola perché è stato di parola: sono le 11 e 42 del mattino e ci troviamo nella centralissima Residenzplatz, una piazza enorme in cui sostano le carrozze coi cocchieri per portare a spasso i turisti, e nel cui centro svetta una fontana barocca dove l'acqua zampilla dalle bocche di quattro maestosi cavalli. Chrestos, appoggiato con la schiena al marmo del monumento, incurante di tutto e di tutti, si accende una canna.

«Ti sei portato l'erba fin qui?»

«Cosa dovevo fare? Mettermi a cercare uno spacciatore in Austria? Mi sembrava più pratico così.»

Avrei mille obiezioni, tra cui l'incoscienza di varcare un confine con della droga in tasca, ma rinuncio a farle. Sarebbe inutile con un soggetto come il Danese che ha fatto della delinquenza la sua ragione di vita. Tanto vale che mi rilassi anch'io in vista dell'intensa giornata che ci aspetta. Mi avvicino e mi faccio passare la canna per un lungo tiro.

Abbiamo parcheggiato appena fuori dalle mura, sul lato opposto della Salzach, il fiume che taglia in due questa splendida città che sembra una bomboniera. Non c'ero mai stato e da quel poco che ho visto finora mi piace molto: vicoletti stretti e caratteristici sui quali affacciano negozi di lusso e botteghe per turisti, edifici imponenti e ben tenuti, piazze ordinate e palazzi maestosi come quello del principe arcivescovo Wolf Dietrich von Raitenau che abbiamo proprio di fronte.

L'arte non è certo tra le priorità del mio amico che, appena finita la canna, si avvia deciso verso un angolo della piazza.

«Dove vai adesso?»

«Ho intravisto una cosa interessante mentre venivamo qui.»

«Vuoi comprare dei souvenir?»

«Pensavo a un prodotto tipico, in realtà.»

«Le palle di Mozart?»

«No, quelle non sono esattamente in cima ai miei pensieri.»

Senza ulteriori indugi, lo seguo fino all'adiacente Mozartplatz, dove ci sarebbe un sorprendente museo del Natale da visitare ma dubito che il Danese sia stato attratto da quello. Come previsto, la sua attenzione è riservata a qualcosa di molto più prosaico: l'alcol.

S'infila con passo deciso in un negozio di liquori specializzato appunto nella gloria nazionale austriaca: lo *Schnaps*, una sorta di grappa locale. Il posto piace anche a me: un lungo bancone di legno, file interminabili di bottiglie e grandi botti alle nostre spalle.

Ci accoglie sorridendo un'affabile e giunonica *Fräulein* austriaca, bionda e con le treccione, che ci posa davanti due bicchierini di benvenuto.

«Degustazione» pronuncia in perfetto italiano. Per poi aggiungere, sempre nella stessa lingua, che il nome *Schnaps* deriva da *schnappen*, che indica il modo di consumare la bevanda in un bicchierino da tranguiare in un solo sorso. Non ci sottraiamo all'offerta e, anzi, il Danese pensa di approfittarne alla grande vista la sterminata varietà disponibile; pare che li producano facendo fermentare praticamente ogni cosa: pere, mele, barbabietole, carote, asparagi e perfino porcini!

«Non bere così: devi essere lucido!» lo ammonisco.

«Se non bevo non sono lucido.»

Dopo una maratona di shottini tracannati alla goccia e tre bottiglie di *Schnaps* alle albicocche acquistate per il resto del viaggio «perché non si sa mai», usciamo barcollando dal negozio salutati da un tonante *Auf Wiedersehen* della proprietaria.

Il Danese sorride soddisfatto rimettendosi in tasca il rotolo di banconote usato per pagare.

«Perché ti sei portato tutti quei soldi?»

«Dovresti saperlo dopo tutti i tuoi anni da fuggitivo, Enrico: quando ci si infila in una situazione come questa è meglio disporre di un fondo spese consistente. Non si sa mai quello che può capitare e poi, in certi ambienti, non accettano la Visa!»

Mi frugo istintivamente in tasca e, con grande disappunto, mi rendo conto che nella fretta della partenza ho scordato a casa la carta di credito e il bancomat. Ho giusto qualche banconota spiegazzata ma per fortuna ha pensato il Danese all'*argent de poche*.

Scuoto la testa e cambio argomento.

«Ora ci possiamo mettere alla ricerca di Andrea?»

«Non ancora. Prima dobbiamo mettere qualcosa nello stomaco. Abbiamo bisogno di energie, no?»

Sospiro. Anch'io muoio di fame e la testa mi gira per via di tutto il liquore che ho buttato giù. Un po' di fondo non ci farà male.

È sempre il mio compare a scovare il posto adatto per rifocillarci: la Zipfer Bierhaus proprio di fronte al Grünmarkt, dove una serie di ambulanti intirizziti si stanno congelando le chiappe. Esattamente come me. All'interno per fortuna fa caldo, nonostante gli ampi saloni con le volte e i pesanti lampadari appesi al soffitto che ricordano quelli dei castelli medioevali. Per il resto, l'arredamento è quello tipico delle birrerie tedesche: tavoloni stile Oktoberfest e sedie di legno. Niente tovaglie ovviamente. Al Danese non dispiace ma per un amante della buona tavola come me mangiare sul legno fa sempre impressione. Non al mio amico che, oltre a un boccale di birra da un litro, ordina quanto di più leggero e delicato offra la cucina: würstel con crauti. Nemmeno io posso esimermi dal rito di assaggiare il piatto tipico anche se opto per una birra media prodotta proprio dalla Zipfer.

Chrestos si toglie il pesante giaccone di pelle e si fa portare una mela che sbuccia e taglia meticolosamente a pezzettini. Non commento perché so già cosa succederà: dalla manica della maglietta militare sbuca Iris, la sua iguana, che gli cammina sull'avambraccio fino a raggiungere il palmo della mano dove si tuffa sul frutto.

«Dobbiamo pranzare tutti, no?»

Quando i boccali sono vuoti e i piatti puliti, finalmente il Danese torna in sé e si ricorda il vero motivo della nostra presenza a Salisburgo: non è una gita, siamo venuti per salvare Andrea.

«Cosa facciamo in attesa dell'appuntamento col cattivo?» chiede.

«Studiamo il territorio e cerchiamo di capire come abbia fatto a rapirla. Alle due riprende il congresso a cui prendeva parte: andremo a dare un'occhiata e a cercare Caterina, la sua compagna. Magari lei ha visto qualcosa e potrà esserci d'aiuto.»

«Dove si tiene?»

«A due passi da qui, oltre il ponte. All'Hotel Sacher.»

«Sono gli stessi della torta?»

«Dio come sei banale! Seguendo il tuo sillogismo allora in Italia se ti chiami Ferrari sei quello delle auto, giusto?»

«Non hai risposto.»

«Sì, sono gli stessi della torta.»

16

Divanetti rossi di velluto, lampadari di cristallo, arredamento con mobili d'epoca e quadri alle pareti raffiguranti la principessa Sissi e l'imperatore Francesco Giuseppe, tavolini rotondi col piano in marmo.

L'uomo trova rilassante l'ambiente del piano bar dell'Hotel Sacher, senza contare che, dalla posizione in cui si trova, gode di un'ottima visuale sulla hall.

Ha pranzato al ristorante e ora si è spostato lì. Confida che l'attesa non sarà lunga.

Dopo qualche minuto, infatti, individua il suo obiettivo: Enrico Radeschi. Ha abboccato quindi! Era sicuro che la sua prima mossa sarebbe stata quella di rintracciare l'amica di Andrea! È caduto nella sua rete. Armeggia col cellulare per un secondo, poi lo rimette nella tasca della giacca sorridendo compiaciuto: tutto fila secondo i suoi piani.

La prigioniera è al sicuro. Sedata e immobilizzata in un posto dove nessuno si sognerebbe mai di cercarla.

Nota con un certo disappunto che il giornalista non è solo. Lo aveva previsto. Almeno, aveva avuto l'accortezza di non coinvolgere il suo amico sbirro, come da sue precise istruzioni, ma ha preferito quel greco malavitoso. Non sarebbe stato un problema: aveva già predisposto le adeguate contromisure. Gli aveva comunque disubbidito facendosi accompagnare, perciò l'avrebbe punito impartendogli una lezione molto dolorosa, soprattutto per la sua ragazza...

«Ecco la sua Sacher con panna, signore» annuncia la cameriera distraendolo dai suoi pensieri.

«*Danke schön.*»

La donna indossa un'impeccabile divisa nera con tanto di crestina bianca, gli sorride e appoggia la torta sul tavolino. Tutto lo staff dell'hotel porta uniformi del XIX secolo e offre un servizio che rispetta le antiche tradizioni dei reali e degli aristocratici.

L'uomo le passa una banconota da venti euro.

«Tenga pure il resto» dice alzandosi.

Lei ringrazia e osserva stupita Hurricane andarsene senza aver nemmeno assaggiato la deliziosa specialità della casa.

17

L'Hotel Sacher è un'imponente struttura dall'*allure* mitteleuropea che si affaccia sul fiume e dalla cui terrazza, ora spazzata da un vento gelido, si gode una magnifica vista sulla città vecchia e sulla fortezza Hohensalzburg.

L'interno è arredato in stile classico, con mobili antichi e pareti rivestite in seta.

Un posto, insomma, in cui hai l'impressione che, da dietro l'angolo, possano spuntare da un momento all'altro Mozart o Strauss.

Non deve pensarla così il Danese che nella hall emette un fischio che fa voltare il concierge.

«Wow! Chissà quanto avrà sborsato la tua ragazza per partecipare a un congresso qui!»

«Niente in realtà: lei e Caterina, in qualità di migliori del loro corso di giornalismo, sono venute a spese della scuola.»

Prima che possa ribattere, mi dirigo verso la reception e mi faccio indicare la sala conferenze in cui si tiene il convegno.

Chrestos mi segue senza ulteriori commenti. Scendiamo una lunga scalinata per raggiungere l'ingresso della sala *Wintergarten* dove, come cani da guardia, sostano un paio di hostess con la lista degli accrediti.

«Per entrare bisogna essere registrati» commenta divertito il mio amico.

«Chi ha detto che devo entrare?»

Mi avvicino alla porta e mi sporgo dentro con la testa fra le proteste imbarazzate delle due hostess che minacciano di chiamare la sicurezza

Per fortuna Caterina è seduta vicino all'ingresso e mi nota subito.

«Puoi uscire per favore?» le chiedo mentre le due addette paiono calmarsi. Hanno capito che non sono un pazzo dinamitardo ma solo il solito italiano maleducato, e questo possono tollerarlo.

«Quella è Caterina» indico al Danese mentre la ragazza si avvicina sistemandosi gli occhiali.

«Non è il mio tipo.»

«Non siamo qui per questo.»

«Be', se lo fossimo ti ricordo che in Austria i bordelli sono legali, Enrico.»

«Non ci penso nemmeno. E ora piantala!»

Caterina abbozza un sorriso che si spegne subito. Ha l'aria stanca e l'espressione preoccupata.

«Avete notizie di Andrea?»

«Veramente siamo qui per chiederti la stessa cosa.»

Lei scuote la testa, scoraggiata.

«È da ieri che non la vedo.»

«Non l'hai cercata? Per sapere se stava bene...»

«Sì, certo. Ho provato a richiamarla ma ha il telefonino sempre staccato. Lei mi aveva mandato un sms in cui diceva che sarebbe rientrata prima.»

«Posso vedere il messaggio?» le chiedo.

Caterina pesca dalla borsa il cellulare e me lo porge.

«Le è successo qualcosa?» domanda preoccupata mentre controllo il messaggio.

«No, no. Tutto bene, ha solo smarrito il cellulare, subito dopo averti scritto. Forse l'ha dimenticato proprio in albergo e visto che noi eravamo di strada...»

Scuote ancora la testa poco convinta di quella balla.

«A proposito» chiedo restituendole il telefonino. «Mi ridaresti l'indirizzo dell'hotel in cui alloggiavate, così andiamo a chiedere se l'hanno ritrovato? Andrea me l'aveva detto ma io l'ho dimenticato.»

«Certo: è la Pension Agathe in Elisabethstrasse. La sua era la stanza 4, casomai ti fossi dimenticato anche quello... Ora scusatemi ma devo rientrare a lezione. Dite ad Andrea di chiamarmi, d'accordo?»

«Sarà fatto!»

Appena Caterina è fuori portata, il Danese attacca coi dubbi.

«Cosa mi dici dell'sms che le ha mandato Andrea?»

«Non l'ha inviato lei ovviamente ma Hurricane: l'orario corrisponde con quello in cui ha spedito a me la foto. Dopodiché deve avere spento il cellulare per non essere rintracciato.»

«Conosce le tue doti nerd, quindi.»

«Conosce tutto, quel dannato psicopatico! È una specie di Grande Fratello con un calcolatore nella testa. Prevede sempre in anticipo le mie mosse...»

«Quindi anche che andremo a ficcanasare nella stanza d'hotel di Andrea, giusto?»

«Sicuramente, però non abbiamo altra scelta, ti pare? Di passi avanti non ne abbiamo fatti e l'ora dell'appuntamento si avvicina.»

18

La Galleria Vittorio Emanuele brulica di turisti stranieri che sbirciano le vetrine di lusso. Sebastiani cammina lentamente facendo ruotare il Toscanello. Dopo il caffè ha deciso che quella non è una giornata adatta per stare chiuso fra le quattro mura del suo ufficio. Ciò di cui ha bisogno è una capatina in centro per passare da Odette, che possiede una boutique in piazza Duomo. Occorrerebbe un appuntamento ma il vicequestore sa già che per lui sono sempre disposti a chiudere un occhio. È uno dei loro clienti migliori dato che, oltre agli abiti di grandi marchi, a Loris piace farsi confezionare vestiti su misura: uno all'anno, visto il prezzo non certo trascurabile.

A dispetto del nome, infatti, Odette è una sartoria maschile, fondata dal padre della titolare nel 1970 e da cui lui aveva fatto cucire il proprio abito di nozze. Non era andata bene con la moglie ma il vestito l'aveva ancora ed era perfetto per le cerimonie ufficiali in questura.

Appena la proprietaria lo vede, sorride e lo abbraccia con suo grande disappunto. Sebastiani sa che è fatta così e quindi accetta suo malgrado l'espansività della donna.

«Immagino che tu sia venuto senza appuntamento. Giusto, Loris?»

«Be', sì» ammette lui fingendosi mortificato. «Mi avevate chiamato tempo fa per la prova ma non ho avuto tempo fino a oggi... Sai com'è il mio lavoro.»

«Ma certo, lo so! Aldooooo!»

Odette è sulla sessantina, piccola di statura e magra come un chiodo. Porta grandi occhiali dalla montatura nera e un'acconciatura alla Moira Orfei che la fa apparire decisamente più alta del suo metro e cinquanta. Indossa sempre impeccabili tailleur di colori pastello che disegna lei stessa.

Dal retrobottega spunta un giovane sorridente coi capelli pettinati con la riga e un volto imberbe e radioso.

«Indovina chi è venuto a trovarci?»

«Oh, ma che piacere, dottor Sebastiani!»

Aldo si avvicina per stringere la mano al vicequestore e ne approfitta anche per sistemargli il collo della camicia stazzonato sotto all'impermeabile.

«Mi scusi, è la forza dell'abitudine. Ora è perfetto!» commenta con voce squillante.

Il sigaro del vicequestore compie un'andata e ritorno completa da una parte all'altra della bocca.

«Prego, si accomodi da questa parte: così proviamo il vestito. Le dico subito che è venuto benissimoooo!»

«Ti lascio in buone mani allora!» si accomiata la padrona abbracciandolo e baciandolo di nuovo.

Loris accenna un sorriso a mezza bocca: quello è il prezzo da sopportare per avere dei vestiti così belli.

Era sempre stato Aldo a occuparsi di lui, molto espansivo certo, ma anche molto preparato. A volte Sebastiani aveva l'impressione che lo toccasse un po' troppo durante le prove e la presa delle misure ma doveva anche riconoscergli un ottimo gusto: l'aveva sempre consigliato per il meglio e con gli abiti che si era fatto confezionare lì aveva sempre fatto un figurone sia nelle occasioni ufficiali della questura sia in quelle, più mondane e prosaiche, delle uscite galanti.

La stanza per le prove è completamente rivestita in velluto rosso e, al centro, c'è una pedana posta davanti a un grande specchio in cui rimirarsi.

A Loris entrare in quella parte della bottega piace molto perché è come partecipare a un rito. Mesi prima c'era stato per scegliere il modello. Era la parte più importante in cui toccava i tessuti e valutava tagli e colori. Poi si riprendevano le misure e si aggiornava il suo cartamodello per vedere se era ancora valido e, nel caso del vicequestore, lo era sempre. Non era mai stato grasso e non aveva mai mangiato più del dovuto, semmai parecchio meno nei periodi di stress e, a quanto pareva, il Pampero non faceva prendere peso.

Ora è la volta di provare il vestito imbastito e non ancora cucito.

Sebastiani lo indossa facendo attenzione a non strappare i punti e si rimira nello specchio.

«Le sta benissimo!» commenta civettuolo Aldo levandogli un invisibile pelo dalla spalla.

Il vicequestore annuisce soddisfatto. L'abito è perfetto e gli cade a pennello. Elegante di un color blu petrolio con risvolti in raso di seta che fanno subito dandy.

«Perfetto» conferma ritornando nello spogliatoio per levarselo. «Quando posso passare a ritirarlo?»

«Prestissimo! La aspetto fra qualche giorno per la prova finale, d'accordo?»

Il sigaro di Sebastiani compie una veloce rotazione: finalmente quella maledetta giornata comincia a raddrizzarsi.

19

«Questo posto è una vera fogna!»

Non posso certo dare torto al Danese; è anche vero che dopo il lusso dell'Hotel Sacher qualsiasi altro posto avrebbe sfigurato.

La reception è deserta e la polvere riposa placida su un arredamento che andava di moda almeno una trentina d'anni fa. Cerco con gli occhi una telecamera di sorveglianza ma, oltre a vetusta mobilia e a una moquette color grigio topo piena di macchie, non trovo tracce di modernità né di apparecchiature tecnologiche. Anzi, mi viene addirittura il sospetto che nelle camere i televisori siano ancora col tubo catodico...

«Sicuramente costa poco» commento inforcando le scale come se fossi uno degli ospiti.

Il mio compagno mi segue poco convinto.

Quando arriviamo davanti alla porta della stanza di Andrea, però, trovo una brutta sorpresa: speravo nella chiave magnetica che sapevo come bypassare grazie a un'app speciale che ho sul telefono.

«Cosa succede?»

«Questa porta ha una serratura! Una di quelle con la chiave di metallo.»

«Ma non mi dire!» mi canzona il Danese. Mi spinge di lato e, senza scomporsi, estrae di tasca il coltello. Bastano un colpo secco e un abile movimento del polso e la porta si apre.

«Pure il pugnale di Sandokan ti sei portato dall'Italia?»

«Lo sai che non esco mai senza. Tipo le due gocce di profumo di quella pubblicità francese, hai presente?»

«Come no. Diamo un'occhiata, piuttosto.»

«Andrea non c'è.»

«Questo lo sapevamo già, no?»

Lui si stringe nelle spalle e si mette di lato per farmi entrare.

Se possibile l'interno della stanza è perfino peggiore dell'esterno.

La camera è davvero minuscola ed essenziale: un letto singolo, un armadio di compensato e un cubicolo dove trovano posto il wc, un microscopico lavabo e la doccia. Sulla mensola ci sono ancora lo spazzolino e il nécessaire rosa di Andrea. Lo stesso che lascia a casa mia quando dorme da me.

Per un attimo mi sento senza forze, sopraffatto dagli eventi.

Forse speravo che fosse tutto uno scherzo, qualcosa di irreale, un sogno. Invece vedere la stanzetta vuota con ancora i vestiti di lei nell'armadio e la sua valigia infilata sotto al letto mi fa rendere conto di vivere un incubo.

Chrestos controlla ogni angolo alla ricerca di qualsiasi cosa ci possa tornare utile.

«Niente. Né sangue né altro. Se l'ha rapita qui è stato molto attento a non lasciare tracce.»

Mi lascio cadere sul letto e mi prendo la testa fra le mani.

«Dici che è ancora viva?» chiedo con un filo di voce.

Il mio amico mi si siede accanto e mi passa un braccio sulle spalle per confortarmi. Un gesto inusuale per lui; devo fargli decisamente pena in questo momento.

«Lo scopriremo presto. Ma ti prometto che, comunque vada, lui la pagherà.»

«D'accordo» dico rimettendomi in piedi. «Però dobbiamo stare attenti, ok? Non possiamo presentarci insieme all'appuntamento. Io occuperò un tavolo e tu resterai distante ma pronto a intervenire.»

«Senza birra?»

La capacità di passare dal tragico al grottesco del Danese mi stupisce sempre. E mi strappa anche un mezzo sorriso.

«Come ti pare!» ribatto. «Magari tu andrai un po' prima e inizierai a bere e a controllare il posto. Io arriverò puntuale all'appuntamento e mi siederò lontano da te, per non destare sospetti.»

«Sembra un piano geniale.»

«Hai un'idea migliore?»

Lui scuote la testa ed esce dalla stanza.

20

L'accurata pianificazione è il segreto di ogni operazione. L'edificio risulta abbandonato da anni e lui l'ha studiato con cura. Orari, vie di fuga e ogni altro dettaglio. Appena aveva saputo del viaggio di Andrea si era dato da fare coi preparativi e coi sopralluoghi.

Finalmente siamo alla resa dei conti, pensa soddisfatto mentre fissa la telecamera sul cavalletto, sistema una copia del quotidiano che tiene in una tasca del giaccone e la distende con cura accanto alla ragazza, vicino al viso.

La stanza è spoglia, gelida perché non c'è riscaldamento e i vetri delle finestre sono rotti. Dai muri cadono calcinacci e ragnatele. Andrea è sdraiata su un materasso sudicio e batte i denti per il freddo. Lui le ha lasciato indosso solo le mutandine e il reggiseno.

Ha i polsi e le caviglie legati, i suoi occhi sono spalancati e pieni di terrore.

«Questo ti farà stare meglio» le sussurra mentre le infila un ago nel braccio.

La ragazza tenta di urlare ma il nastro adesivo che le copre la bocca glielo impedisce. Vorrebbe dibattersi, scalciare ma le forze le mancano.

«Non riesci a muoverti? Tranquilla, è normale, ti ho iniettato della tetradotossina: quella che si estrae dai pesci palla. Tra i vari effetti blocca la conduzione nervosa, così non puoi muoverti, ma in compenso ti lascia completamente vigile perché tu possa goderti lo spettacolo e, naturalmente, sentire *dolore*. Ti avverto: farà male. Molto, e lascerà segni indelebili. E di tutto questo è responsabile il tuo ragazzo che non ha seguito alla lettera le mie istruzioni.»

Il respiro di Andrea diventa affannoso.

Hurricane sorride mentre dalla tasca del giaccone estrae un coltello da caccia dalla lama curva e affilata.

«Sei pronta, tesoro?»

Lei cerca di muovere la testa ma ormai è completamente rigida, inerme. Può solo sbattere le palpebre e dilatare le pupille per il terrore mentre lui le infila la lama nella carne.

21

Lo Sternbräu Biergarten è uno di quei posti che, nei mesi estivi, quando ti puoi sedere all'aperto sotto agli alberi a goderti il fresco, deve essere splendido e rilassante. In questa stagione mette parecchia tristezza. I tavoli sono sempre all'esterno solo che le persone stanno rannicchiate le une contro le altre, sotto ai camini che riscaldano l'aria per non morire assiderati.

Gradirei più un vin brûlé che una birra ma, visto che non lo fanno, mi accontento di ordinare una Weiss.

Sul lato opposto del giardino di *Frozen*, stretto nel suo giaccone di pelle, il Danese mi osserva sornione mentre sorseggia una birra rossa.

È qui già da una decina di minuti mentre io sono arrivato or ora. Non so davvero cosa attendermi così mi guardo intorno ossessivamente, come un galeotto appena evaso dal carcere.

Trovandosi all'aperto il posto ha almeno due via di fuga: una che dà verso il fiume, l'altra verso la città barocca.

Da dove arriveranno Hurricane e Andrea?

Me lo sto ancora chiedendo quando il cameriere compare con la birra. Fa scivolare un sottobicchiere sul tavolo e ci appoggia sopra la Weiss. Non posso non notare che sul sottobicchiere c'è scritto qualcosa a penna. Sollevo la birra e leggo con attenzione: «Mozarts Geburtshaus. H.»

Merda! Hurricane mi sta prendendo in giro! Ricordo bene dove si trova la casa natale del famoso musicista, nato proprio qui a Salisburgo, perché ci siamo passati davanti dopo il pranzo alla Zipfer: affaccia sul Grünmarkt, dove c'erano tutti gli ambulanti infreddoliti.

Scatto in piedi abbandonando la birra senza averne bevuto nemmeno un sorso. Il Danese capisce che qualcosa non va e, dopo aver atteso una manciata di secondi, lascia anche lui il suo tavolo e mi segue rimanendo a debita distanza.

La mia destinazione non è lontana, nemmeno tre minuti a piedi. Si tratta di un palazzo signorile incastonato fra altri edifici eleganti senza nulla di particolare esternamente se non la mastodontica scritta MOZARTS GEBURTSHAUS.

Lo osservo indeciso sul da farsi quando un ragazzino, sbucato dal nulla, mi passa un biglietto. Il gioco di Hurricane continua.

C'è scritto: PAGALO, in italiano.

«Chi te l'ha dato?» chiedo.

Lui scuote la testa, non parla la mia lingua.

Decido di assecondarlo e ficco in mano al giovane una banconota da dieci euro.

Quello sorride a mezza bocca e, da sotto la giacca a vento, estrae una scatola che mi porge senza tante cerimonie.

Mentre la prendo vorrei chiedergli qualcosa ma lui se la squaglia di corsa.

Inebetito giro la testa da ogni lato: so che Hurricane mi sta osservando. Vuole godersi la scena. Forse su un balcone con un binocolo o a due passi da me camuffato da tirolese con bretelle e calzoni tradizionali.

Il Danese, appostato dietro a una bancarella che vende pretzel, mi fa un gesto col mento come a chiedere cosa stia succedendo.

Sollevo la scatola e gliela mostro. Lui capisce che l'operazione è compromessa e mi raggiunge. Se Hurricane mi sta spiando ormai si sarà accorto anche del mio amico.

«Cosa voleva quel ragazzino?»

«Mi ha consegnato questo.»

«Le palle di Mozart?»

«Già, il nostro amico adora l'ironia.»

«Cosa contiene?»

«Non le praline ovviamente ma un messaggio da Hurricane.»

«E cosa dice?»

«Ancora non lo so.»

All'interno della confezione, infatti, non c'è un bigliet to ma, fissata con lo scotch, una scheda sd. Un brivido gelido mi percorre la schiena perché inizio a immaginare cosa possa contenere.

La stacco e la infilo nel telefono.

«Allora?» chiede il Danese ansioso.

«C'è un video.»

«Avanti, fallo partire.»

La ripresa è fissa e mostra un ambiente poco illuminato. Subito viene inquadrata Andrea, seminuda, polsi e caviglie legati. Piange e cerca timidamente di liberarsi ma in modo innaturale, come se fosse rallentata; forse l'ha drogata. La telecamera zooma e mostra accanto a lei una copia del *Salzburger Nachrichten*, il principale quotidiano cittadino.

«La data è quella di oggi» commenta il Danese. «Quindi è ancora viva...»

Le parole gli si spengono subito in bocca quando vediamo luccicare la lama di un coltello.

Si sente una voce, inconfondibile per me: quella di Hurricane.

«Sei pronta, tesoro?»

Di lui vediamo solo il braccio e la mano che impugna il coltello. La lama le sfiora la gola, poi scende lentamente fra i seni e lungo il ventre.

Quando arriva alla coscia destra si sente ancora la voce

del bastardo che compiaciuto le sussurra: «Adesso farà un po' male.»

Il respiro di Andrea diventa affannoso mentre la punta del coltello le penetra la carne. Chiudo gli occhi inorridito. Purtroppo so benissimo cosa sta facendo: la sta marchiando. Mi sforzo di vedere; il sangue zampilla mentre le incide sulla coscia una grossa H: il suo simbolo.

Non riesco a guardare oltre; lo stomaco mi si stringe e, un attimo dopo, devo piegarmi per vomitare.

22

«Perché ci incontriamo qui?» chiede la Rivolta in evidente imbarazzo.

Sebastiani accenna un mezzo sorriso accompagnato da un impercettibile movimento del sigaro.

«Non è meglio della questura? Accomodati, prego.»

«Oh sì, decisamente» conviene lei accettando l'invito del superiore a sedersi. «Però non credo sia il caso di parlare di rapine o altro davanti a tutti...»

Il vicequestore non risponde. Sa che la poliziotta ha ragione ma oggi è una di quelle giornate in cui non gli va proprio di mettere piede in ufficio. Anche perché camminare fra le volte imponenti della Galleria Vittorio Emanuele II gli ha fatto tornare alla mente brutti ricordi, come un paio di notti galeotte al TownHouse, l'hotel di lusso che affaccia proprio sulla cupola di vetro, dove aveva vissuto una torrida avventura con la poliziotta belga la cui ferita gli bruciava ancora.

In quel locale, però, Sebastiani si sente in pace col mondo. Al sicuro: fra caffè, brioche, torte farcite e il chiacchiericcio in sottofondo delle signore della Milano bene che si godono un tè coi pasticcini.

Al caffè Marchesi, con le sue vetrate a mezzaluna che danno sulla Galleria, sembra che il tempo si sia fermato e al vicequestore piace immaginare di trovarsi a Parigi durante la Belle Époque o a Torino ai tempi di Cavour. Sicuramente non nel suo ufficio dove il questore gli stava facendo la posta per avere notizie sul caso. Lo sapeva perché aveva già ricevuto due chiamate da Mino Ricci a cui non aveva risposto lasciando che scattasse la segreteria.

A tempo debito l'avrebbe richiamato: si sarebbe preso una lavata di testa ma almeno avrebbe anche avuto delle novità da comunicargli!

«Posso offrirti qualcosa? Caffè? Un macaron? Non sono proprio come quelli che fanno a Parigi...»

«Sono a posto così, grazie» taglia corto Carla che si sente piuttosto a disagio in quel locale di lusso insieme al suo superiore. Se non conoscesse il vicequestore quello potrebbe sembrare un corteggiamento in piena regola. Non c'è pericolo che li scambino per amanti: in questura tutti sanno che Sebastiani predilige fanciulle con la metà degli anni della Rivolta.

«Oggi non c'è il suo amico giornalista?» chiede lei per scacciare l'imbarazzo.

«Enrico oggi ci dà buca. Ti spiace, agente?»

«Affatto.»

«Bene, allora raccontami quello che hai scoperto sulle pistole: mi sembra che sia la pista più promettente che abbiamo, no?»

La Rivolta si muove a disagio sulla sedia.

«Veramente dagli informatori che ho sentito non è venuto fuori nulla. Nessuno è a conoscenza di una vendita di quattro Glock. O vengono da fuori Milano o se le devono essere procurate in un altro modo.»

Il sigaro fra le labbra di Sebastiani inizia a scivolare lentamente da un lato all'altro della bocca.

«Quindi siamo ancora a un punto morto.»

«Già. Però il sovrintendente Sciacchitano sta aspettando che gli mandino i filmati delle telecamere stradali. Magari da lì salta fuori qualcosa.»

Sebastiani alza la mano per attirare l'attenzione del cameriere.

«Meglio se ci bevo sopra un sorso di rum. Tu sei sicura di non volere niente?»

Carla sospira sconsolata.

«In effetti, in quella vetrinetta ho visto una fetta di torta che mi attira parecchio...»

23

Mi sveglio e mi ritrovo disteso sui sedili posteriori della Volvo. Si trova nel solito parcheggio e il motore è spento. Non la radio che è sintonizzata su un'emittente locale che trasmette brani di classica: in fondo, Salisburgo è la culla della musica.

Di quello che è accaduto nei minuti precedenti ricordo solo fotogrammi confusi, frammenti sconnessi come se non fossi stato io a viverli ma qualcun altro. Ho giusto un vago ricordo del Danese che mi trascina via di peso dalla Mozarts Geburtshaus e mi riporta alla nostra auto.

Il mio amico ora è seduto al posto di guida e, appena si accorge che sono sveglio, cerca di farmi rinvenire facendomi bere lo *Schnaps* alle albicocche direttamente dalla bottiglia come se fosse sciroppo per la tosse.

È il suo modo di prendersi cura di me e pare stia funzionando. Ho bisogno di disconnettermi dalla realtà. Sono sconvolto per quello che ho visto, ma ora, grazie alla "cura" del Danese, dallo stomaco mi sta salendo un dolce tepore che inebria anche il mio cervello. Come se mi stesse anestetizzando il dolore.

«Va meglio?» mi chiede come un'infermierina premurosa.

«Mi costringerai a scolare tutta la bottiglia se dico di no?»

«L'idea è quella.»

«Allora sto bene, grazie.»

Lui annuisce, poi accende una canna e me la passa.

«Questo dovrebbe aiutare a rilassarti.»

«Sei un vero guru della medicina alternativa» ribatto prendendo una boccata di fumo.

La pantomima serve a distrarmi almeno per qualche secondo, finché la mia mente ritorna alle immagini del video.

Sfilo dalla tasca il cellulare per rivederlo.

«Sei sicuro?» mi chiede il Danese.

«Non l'abbiamo visto tutto prima.»

Lui sospira e io mi rendo conto che le brutte sorprese non sono ancora finite.

«C'è un altro filmato sulla scheda» annuncio. Prima di aprirlo ho un lungo istante d'esitazione: e se contenesse l'esecuzione di Andrea?

Il sadismo di Hurricane non ha confini, ormai lo so bene e io non potrei sopportare di perdere un'altra fidanzata per mano sua...

«Non lo guardiamo?» domanda il mio socio.

Prendo coraggio e clicco, sperando vivamente di non trovarmi davanti Andrea sgozzata...

Chiudo gli occhi.

Quando li riapro le mie paure, per fortuna, non si sono avverate.

Nel secondo video non compaiono né gole tagliate né squartamenti.

L'inquadratura è diversa dalla precedente, più ravvicinata.

Mostra le mani di Hurricane che, con alcol e cotone, disinfettano la ferita sulla coscia di Andrea. Non si muove e non mugola più. Mi auguro che sia svenuta. Le riprese continuano così nell'assoluto silenzio finché si sente la voce del mio nemico fuori campo.

«Hai barato, Enrico. Ti avevo espressamente detto di

venire da solo, invece ti sei portato quel pupazzo greco ed è per questo che Andrea è stata punita. Per colpa tua!»

Tremo per la rabbia e anche il Danese digrigna i denti.

Sullo schermo compare una foto di me e Chrestos, un'immagine scattata poche ore fa, all'Hotel Sacher.

Dopo qualche secondo il video riprende mostrando in primo piano il taglio. Esce ancora un po' di sangue ma il peggio sembra passato.

«La ferita è superficiale per tua fortuna» riprende Hurricane. «Vedi? Le rimarrà la cicatrice ma non ho affondato la lama in profondità. Se però ti ostinerai a non ascoltarmi, la prossima volta non sarò così clemente. Ci siamo capiti? Questo è l'ultimo avvertimento. Ho deciso di darti un'altra possibilità per rivederla sana e salva. Inserisci nel gps le coordinate che vedi in sovrimpressione. Ci vediamo lì, domani mattina, alle undici.»

Fermo il video e immetto le coordinate su Google Maps trattenendo il fiato.

«Dove si trova il posto?» chiede il Danese.

«A Vienna. Un parco pubblico.»

«Questa storia sta diventando una specie di caccia al tesoro...»

«A me sembra solo il gatto che gioca coi topi prima di mangiarseli.»

«Non mi trovo molto a mio agio nella parte della preda.»

«Nemmeno io» ammetto.

«Quindi cosa pensi di fare?»

«Passare all'azione. Finora abbiamo sempre e solo inseguito.»

«Naturale, visto che lui tiene la tua ragazza in ostaggio...»

«Ovvio, però possiamo cercare di prevedere le sue prossime mosse.»

Ritorno indietro al punto in cui si vede la nostra foto.

«Ecco, osserva bene questa immagine: te la ricordi? Deve averla scattata proprio lui, qualche ora fa, quando siamo andati all'Hotel Sacher. Vuol dire che ci aspettava e che aveva previsto che saremmo passati per parlare con Caterina. Come dicevo, sta sempre un passo avanti a noi, ma forse non ha tenuto conto di un particolare...»

«Pensi alle telecamere di sorveglianza, vero?»

«Esatto: quello è un hotel cinque stelle, non la bettola dove alloggiava Andrea, lì le avranno di sicuro. Deve essere per forza entrato a volto scoperto. Magari con una barba finta o degli occhiali scuri...»

«E come pensi di visionare i filmati? Chiedendo per favore?»

«A questo non ho ancora pensato.»

«Be', possiamo fare alla vecchia maniera: io ho un rotolo di banconote per oliare l'ingranaggio e un coltello, casomai il meccanismo s'inceppi...»

Scuoto la testa.

«Forse ho un'idea migliore: usiamo i tuoi soldi per prendere una camera. Da lì col mio laptop mi collegherò alla loro rete interna e recupererò i video della sorveglianza senza spargimento di sangue.»

«Mi costerà di più!»

«Probabile, ma almeno non chiameranno la polizia per arrestarci!»

La stanza è favolosa: una minisuite che al Danese è costata un occhio. Due letti matrimoniali, due schermi da 40 pollici alle pareti, vasca idromassaggio.

Dalle finestre, che affacciano sul fiume, si gode una fantastica vista panoramica sulla città barocca e sulla fortezza.

Chrestos stappa una delle bottiglie di champagne del frigobar e sorseggia le bollicine a canna godendosi il panorama.

«Mi sono già dissanguato per la stanza; pagare anche questa bottiglia non mi manderà certo in rovina.»

Versa una flûte per me ma ignoro il bicchiere. Sono concentrato sul monitor del mio portatile. Dopo essermi collegato alla wi-fi dell'albergo riesco a infilarmi, senza troppe difficoltà, nella loro rete protetta. Qualche ricerca e capisco che conservano i filmati di sorveglianza, divisi ora per ora, nel cloud e, una volta arrivato sul server, per un vero nerd come il sottoscritto è un gioco da ragazzi trovare quello che cerchiamo.

«Ci siamo» annuncio.

Il Danese si avvicina tenendo la bottiglia per il collo: se n'è già scolata metà.

«L'hai già riconosciuto?» chiede.

«Non ancora.»

Ragionando sulla prospettiva della foto ho dedotto che deve essere stata scattata da uno dei tavolini del caffè. La buona notizia è che tutti gli uomini presenti sono a viso scoperto, la cattiva è che non riconosco il mio nemico fra loro.

«E se avesse mandato qualcuno al suo posto?»

«No, lui non delega mai.»

«D'accordo, allora dobbiamo solo capire quale sia fra questi. Lascia perdere il volto per ora e concentriamoci sulla corporatura.»

L'idea non è male; mando indietro la registrazione finché vedo gli uomini sedersi per valutarne l'altezza: non ti puoi segare le gambe.

Dopo diverse osservazioni, restringiamo la cerchia a tre soggetti che risultano compatibili come altezza e hanno anche l'età giusta. Peccato che nessuno di loro abbia la faccia di Hurricane.

«Chi di questi è l'uomo che ti dà la caccia?»

Scuoto la testa.

«Questo potrebbe essere. La corporatura corrisponde ma il volto è diverso. Il naso è più affilato, gli zigomi più gonfi...»

«E se lo avesse cambiato?»

«Si è già fatto una plastica anni fa.»

«Meglio ancora: vuol dire che ci è abituato. Secondo giro di taglia cuci e collagene e passa la paura.»

Osservo inebetito il Danese per un istante, poi torno a concentrarmi sul video.

«Avrebbe senso, in effetti. Dopo l'arresto tutti sapevano che faccia aveva. Magari si è rifatto i connotati per diventare nuovamente invisibile...»

«Come fai a capire se hai davanti il tuo nemico, se quello ha cambiato volto?»

«Non puoi.»

«Rivediamoli.»

Li riguardiamo. Una, due, cinque volte. Alla fine restringiamo le possibilità a due uomini soltanto. Entrambi hanno il cellulare sempre in mano, pronti quindi per scattarci la fotografia.

«Deve essere per forza uno di loro due.»

«Io scommetto su quello che si alza senza nemmeno assaggiare la Sacher.»

«D'accordo» sospiro alzandomi in piedi. «Ho salvato il filmato sia sul mio hard disk sia nel cloud e quando saremo in macchina cercherò di estrarre un primo piano decente di questo tizio.»

«Vuoi partire ora?» mi chiede Chrestos prendendo un lungo sorso di champagne.

«Sì, perché? Sono trecento chilometri per Vienna, in tre ore ci siamo.»

«Meglio se ci riposiamo prima. In fondo la stanza è già pagata...»

Vorrei obiettare che non possiamo stare qui a godercela mentre Andrea è nelle mani di quel pazzo ma è anche vero che sono quasi ventiquattro ore che sono in piedi, sono sfinito per il viaggio e le ore di sonno perse.

«D'accordo. Dormiamo e domattina all'alba partiamo per Vienna.»

«Bene, e avremo un vantaggio: oggi, davanti alla casa di Mozart, non potevamo riconoscerlo perché non sapevamo che faccia avesse. Domani non sarà così; se uno di questi due uomini sarà nei paraggi lo riconoscerò: io non dimentico mai un volto.»

24

I risultati dei rilievi della Scientifica arrivano intorno alle sette di sera mentre Sebastiani si sta infilando la giacca per uscire dalla questura. C'è rimasto solo metà pomeriggio ma la giornata gli è sembrata comunque interminabile.

L'esito, purtroppo, è quello che temeva: niente impronte delle rapinatrici da nessuna parte. Nell'appartamento sono state rinvenute solo quelle degli ospiti e della servitù, oltre naturalmente a quelle dei padroni di casa.

E sono proprio queste misere informazioni che il capo della Mobile, non potendo procrastinare oltre, comunica al suo superiore, il questore Mino Ricci.

Prima, ovviamente, si becca una fragorosa tirata d'orecchi per essere stato latitante tutto il giorno e non aver risposto alle chiamate. Sebastiani si scusa blandamente sostenendo di essere stato molto occupato e, comunque, la lavata di capo era stata messa in preventivo al punto che il Toscanello che stringe fra le labbra non viene nemmeno masticato: si sposta freneticamente da un lato all'altro della bocca ma nulla più. Quando il superiore la smette di gridare, il vicequestore gli riferisce le poche informazioni di cui dispone e conclude la telefonata assicurandogli che, appena ci saranno delle novità, non tarderà a comunicargliele.

Mente sapendo di mentire ma almeno la facciata è salva e lui può finalmente tornarsene a casa.

Mette piede nel suo appartamento all'ora dei tg, che evita accuratamente di guardare. Si sintonizza sulla tv svizzera col volume azzerato, come fa sempre. Per lui il televisore è come un quadro che proietta immagini sempre diverse, non gli interessa ascoltare le parole; di quelle ne sente già abbastanza in questura.

Nel frigo trova la cena che gli ha preparato Maria. Il suo matrimonio con Giulia è andato a rotoli ma una cosa buona gli è rimasta: la sua governante, Maria appunto, restata al suo servizio anche dopo la separazione. Cucina, stira, lava e gli fa la spesa: quella sera gli ha preparato un piattone di pasta alla Norma che il vicequestore scalda diligentemente nel microonde. Accompagna il tutto con il Sigillo, un aglianico della Cantina del Notaio.

Mangia lentamente e in silenzio, osservando le immagini scorrere sullo schermo piatto e rimuginando sull'indagine che stenta a decollare. Finché gli torna in mente Radeschi. Detesta ammetterlo ma ha bisogno di lui per quel caso, delle sue magie dietro la tastiera, delle sue intuizioni.

Pesca il cellulare dalla tasca della giacca e compone il numero.

La linea emette il suono tipico di quando l'utente a cui telefoni si trova all'estero.

Squilla a vuoto. Cinque, dieci, quindici volte finché, sconfitto, Loris riattacca.

«Dove cazzo ti sei cacciato, Enrico?»

25

La notte scorsa, fra le lenzuola di seta del Sacher, sono crollato subito. Ma non è stato un sonno tranquillo né duraturo: l'angoscia mi ha svegliato dopo nemmeno due ore e non sono più riuscito a chiudere occhio mentre il Danese, invece, ronfava allegramente e, sul cuscino accanto alla sua faccia, riposava anche Iris.

I pensieri erano troppi per potermi rilassare; del resto la notte è quando tutte le tue angosce ti vengono a cercare. Ho davvero paura che Andrea morirà. Hurricane, dieci anni fa, ha già ucciso la mia ragazza dell'epoca e ora sono sicuro che farà lo stesso. Forse la lascerà in vita giusto il tempo di continuare a giocare con me, per farmi soffrire e tenermi sotto scacco. Fino a quando si stancherà e staccherà la spina.

Sul cellulare trovo un paio di telefonate di Sebastiani ma non è il caso di richiamarlo: mi tempesterebbe di domande e, messo alle strette, già lo so, finirei per raccontargli di Hurricane.

Quando sono le cinque e mezzo decido di alzarmi e m'infilo in bagno per farmi una doccia.

Anche il Danese si alza e dopo una colazione veloce siamo pronti per partire per Vienna.

«Hai una faccia orrenda» commenta mentre ingrana la prima.

«È stata una notte lunga, in effetti. E non ho quasi chiuso occhio. Tu invece hai russato come un trattore.»

«Per fortuna almeno uno di noi oggi sarà lucido e riposato per l'incontro con quel bastardo. Ed è un bene che sia io visto che so usare il coltello.»

Sorride e mostra il manico del suo giocattolo taglia gole che spunta da una tasca dei pantaloni militari.

«Speriamo non ce ne sia bisogno» sospiro.

Il viaggio prosegue tranquillo. Nonostante il limite nelle autostrade austriache sia di 120 chilometri orari il Danese si piazza sulla corsia di sorpasso ai 180 fissi. Ho inserito sul navigatore della Volvo le coordinate che ci ha fornito Hurricane e, stando al computer di bordo, arriveremo a destinazione con quasi due ore d'anticipo.

L'autostrada corre attraverso sterminate foreste spruzzate di neve. Io tengo gli occhi chiusi cercando di dormire mentre il Danese ascolta una terribile emittente radiofonica che trasmette solo brani rock in tedesco degli anni Ottanta.

A un certo punto l'idillio di quel viaggio viene guastato da una lunga colonna di auto in coda.

«Cosa succede?» chiedo riaprendo gli occhi.

«Un incidente. Tranquillo, arriveremo comunque in orario all'appuntamento.»

Un brivido freddo mi corre lungo la schiena: giungere in ritardo sarebbe disastroso. Per fortuna dopo una mezz'ora in cui rimaniamo completamente bloccati il serpentone di auto inizia a muoversi e, dopo altri quaranta minuti a passo d'uomo, riprendiamo la marcia finché intorno alle dieci e mezzo ci immergiamo nel traffico della capitale austriaca.

«Eccoci a Vienna, la città dei due Radeschi» annuncia sghignazzando il Danese.

«Molto spiritoso.»

Osservo con indifferenza la città scorrermi accanto: grandi viali, palazzi ben tenuti, alberi. Mi immaginavo molto diversa la mia prima visita a Vienna, magari in compagnia di una donna affascinante appassionata di musica classica che mi avrebbe costretto ad assistere a un concerto della Wiener Philharmoniker. Ecco, sto già rovinando tutto, anche con la mente.

Chrestos è concentrato a seguire le indicazioni del navigatore: la nostra destinazione è proprio nel centro della capitale, un punto all'interno del Burggarten che, stando a quello che leggo in rete, è uno dei giardini più belli della città. Realizzato nel 1819 per arricchire l'adiacente Hofburg, il palazzo imperiale, oggi vanta alberi secolari e composizioni floreali a disegnare sui prati verdissimi delle note musicali. Almeno in estate, oggi, sotto un cielo cupo, tutto è ricoperto da un soffice manto di neve.

Il Danese parcheggia a ridosso dell'imponente Maria-Theresien-Platz che sta proprio di fronte al parco. Ci sarebbe da pagare il ticket ma ovviamente il mio amico se ne disinteressa.

«E se ce la portano via?»

«Non l'ho messa in divieto. Al massimo ci appioppperanno una multa che...»

«... pagherà quel poveraccio del proprietario. L'ho già sentita.»

«Bene, allora entriamo nel parco e cerchiamo di capire cosa c'è nel punto indicato dalle coordinate. Mancano solo cinque minuti all'appuntamento.»

Hurricane ha il senso dell'umorismo, non c'è che dire. E anche una sorta di ossessione per Wolfgang Amadeus Mozart.

Come a Salisburgo per la sua casa natale, con la scatola di suoi cioccolatini consegnatami dal ragazzino, anche qui a Vienna il rendez-vous è all'insegna del grande musicista.

Nel luogo indicato dalle coordinate, infatti, c'è una sua

statua. Imponente, altissima, bianca, in cui Mozart è ritratto bello come un dio greco.

Peccato che di Hurricane non vi sia traccia. Io e il Danese ci guardiamo intorno cercando d'individuare uno di quei due volti che abbiamo visto nelle registrazioni dei filmati di sorveglianza del Sacher. Senza successo, purtroppo. Rimaniamo così immobili e incerti sul da farsi ai piedi della statua mentre l'ora dell'appuntamento passa e non succede nulla.

«Sono le undici e dieci. Cosa facciamo?»

Scuoto la testa e m'impongo di riflettere. Per farlo mi accendo un'arrotolata mentre il Danese opta per una canna, e per qualche minuto rimaniamo fermi e in silenzio, a fumare e osservare il monumento davanti a noi.

«Ehi, guarda lì» indica Chrestos con la punta incendiata del joint. Seguo con lo sguardo la traiettoria e lo noto anch'io: nella parte inferiore destra della statua, accanto al piedistallo, c'è un putto che suona una specie di banjo a cui è stato infilato un biglietto fra le dita.

Mi sporgo e lo recupero con il cuore che inizia a martellarmi.

È del nostro nemico e, come al solito, contiene le indicazioni per la prossima tappa di questo stupido gioco. C'è scritto: VENITE ALLE QUINDICI CON L'AUTO. H.

Cerco l'indirizzo indicato sul biglietto sul solito Google Maps.

«È un parcheggio.»

«No, è una trappola» ribatte il Danese spegnendo la canna, sotto la suola di una scarpa.

«Quasi sicuramente hai ragione.»

«Mi fa piacere che, una volta tanto, siamo d'accordo. Quindi non ci andremo, vero?»

Scuoto la testa sconsolato.

«Non abbiamo scelta, e lo sai. Lui ha Andrea...»

«Dov'è questo posto esattamente?»

«Ottakringerstrasse, ma non credo che...»

«Invece ho capito perfettamente dove si trova.»

«Tu cosa? Come...»

«Adesso è meglio se ci separiamo» mi interrompe, «così il tuo amico, che, ne sono certo, ci sta tenendo d'occhio anche in questo momento, non potrà seguire entrambi. Tu occupati della macchina, io intanto sbrigo una faccenda.»

«Mi stai piantando in asso?»

«Sei abbastanza grande per trascorrere qualche ora da solo, no? E poi tranquillo: non siamo a Baghdad! Se però hai paura o non sai come ammazzare il tempo, rifugiati in un museo, ce ne sono decine qui intorno... Ci rivediamo in Yppenplatz per l'una. Segnati l'indirizzo: non è distante da Ottakringer. Ti scrivo il nome di un ristorante libanese dove andavo sempre quando vivevo qui...»

Spalanco gli occhi per lo stupore.

«Tu hai vissuto a Vienna? E quando pensavi di dirmelo?»

«Non credevo fosse importante. Sono rimasto solo per tre mesi, diversi anni fa.»

«Dove vai?»

«Ho ancora contatti qui e se, come sospetto, quella è una trappola, avremo bisogno di prendere delle precauzioni. Sei pronto?»

«Pronto per cosa?» domando piuttosto disorientato.

«Al mio tre tu corri in quella direzione, io nella opposta. Seguirà te ovviamente. Sei tu che gli interessi.»

Non mi lascia il tempo di ribattere. E non conta nemmeno: si gira e scappa via di corsa.

L'uomo depone nella custodia il binocolo Nikon e accenna un sorriso.

Furbi, si separano. Peccato che io non abbia intenzione di seguire nessuno.

Ha assistito a tutta la scena rimanendo al riparo all'interno della sua camera al Méridien che affaccia proprio sul Burggarten.

Andrea non è con lui ma al sicuro. Legata e sedata, in attesa della sua definitiva uscita di scena.

Dall'osservazione del comportamento dei due, e delle persone che stavano loro intorno, ha potuto constatare, una volta di più, dato che le precauzioni non sono mai troppe, che Radeschi e il greco sono soli: né polizia né improbabili aiutanti in vista nei paraggi.

Evidentemente il giornalista non ha telefonato al suo amico sbirro per chiedergli aiuto e questa per Hurricane è una grande notizia.

«Tutto procede per il meglio» sussurra chiudendosi la porta della stanza alle spalle. Accelera il passo perché ha una scena del crimine da predisporre; quella dove Radeschi e il suo amico moriranno!

La libertà ha un sapore strano quando sei solo. Te la godi, certo, ma al tempo stesso vorresti condividerla. Mi tengo compagnia coi miei pensieri e, soprattutto, le mie paure.

Fra un'arrotolata e l'altra cammino per Vienna col naso all'insù e il bavero alzato perché l'aria è gelida anche se ora in cielo splende un sole giallo da fare invidia alla Sicilia.

La prima tappa di questa mia peregrinazione è una sorta di déjà-vu: vicino al giardino c'è l'Hotel Sacher di Vienna con annesso bistrò dove gustare la loro famosa torta con panna. So che non dovrei ma forse oggi Hurricane mi ammazzerà e allora tanto vale eccedere... Un'autentica esperienza da orgasmo sotto allo sguardo indulgente della principessa Sissi che mi osserva dalla sua cornice dorata.

Accompagno il dolce con un caffè espresso che è quasi paragonabile ai nostri standard italiani e, quando esco sul marciapiede, penso che forse adesso potrei anche morire felice.

Un pensiero che dura lo spazio di un secondo perché subito torno a preoccuparmi della sorte di Andrea, consapevole che sto per infilarmi nell'ennesima trappola per salvarla.

Accelerando il passo, ritorno all'auto dove un diligente poliziotto austriaco ha già infilato una contravvenzione sotto al tergicristallo. Mi tolgo lo sfizio di prenderla, accartocciarla e gettarla a terra come ho visto fare in mille film americani.

Nessuno mi nota, per fortuna, e quando accendo il motore della Volvo cerco di togliermi di lì il prima possibile per non dare nell'occhio. Inserisco l'indirizzo nel navigatore e parto canticchiando la vecchia hit austriaca che trasmette la radio, di cui stranamente conosco il ritornello.

Drah' di net um, oh oh oh
Schau, schau, der Kommissar geht um, oh oh oh

Quasi senza accorgermene con quel refrain datato 1982 giungo a destinazione parcheggiando dove è a pagamento ma non si rischia la rimozione. Frequentare troppo a lungo il Danese mi ha fuorviato.

Sono in anticipo rispetto all'appuntamento, così decido di esplorare questa enorme piazza e rimango a bocca aperta. Mi aspettavo un luogo vuoto e silenzioso, invece sono proiettato in una specie di suk arabo. Scopro che intorno alla Yppenplatz si tiene uno dei più vivaci mercati di strada di Vienna, il Brunnenmarkt. Ci sono decine di bancarelle multietniche che vendono ogni cosa: vestiti, verdure fresche, spezie esotiche, bigiotteria, bevande. I prezzi sono davvero bassi e l'atmosfera, nonostante il freddo della giornata, è calorosa e rilassata.

Alla fine raggiungo il ristorante che mi ha indicato il Danese e ordino una birra mentre lo aspetto. Cinque minuti e lo vedo sbucare dal nulla.

Non mi stupisco: lui si muove fra la folla come se fosse invisibile e perfettamente a suo agio; è uno che sa badare a se stesso, semmai sono gli altri che devono stare in pensiero. Sul viso ha un'espressione soddisfatta e uno strano rigonfiamento sotto al giaccone di pelle.

Prende posto nella sedia accanto, quindi fa segno al cameriere e ordina per entrambi.

Dopo qualche minuto affrontiamo un pranzo leggero di sole *meze*, una serie di antipasti di vario tipo a base di verdure, riso e carne di manzo e agnello. Mille volte abbiamo pranzato così ai tempi in cui abitavamo a Cipro...

«Hai trovato quello che cercavi?» chiedo sorseggiando la mia birra.

«Certo, in un quartiere turco ogni tuo desiderio può essere soddisfatto.»

Annuisco. So che, da buon greco, il Danese ha sempre provato avversione verso i turchi, ciò nonostante parla la loro lingua e sa come gestire al meglio una trattativa con loro.

«Tieni il tuo tesoro sotto la giacca?»

Lui accenna un sorriso e abbassa la cerniera per permettermi di vedere.

«Una pistola? Ma sei impazzito?»

«Impazzito? Semmai previdente! Mi sembra che abbiamo stabilito che stiamo per infilarci in un tranello, no? Almeno cerchiamo di arrivarci preparati. O credi che ci riceverà con un'altra scatola di cioccolatini, il tuo amico?»

«No, certo.»

«Vedo che hai capito: meglio farsi trovare pronti, dammi retta. Solo un pazzo affronterebbe un assassino senza un'arma.»

28

Sebastiani arriva in questura di prima mattina. Il solito sigaro stretto fra le labbra e un paio di caffè già in circolo. Radeschi non l'ha ancora richiamato e l'inquietudine dello sbirro cresce anche se lui cerca di mascherarla gettandosi a capofitto nel caso della rapina.

Per questo, quando non sono nemmeno le nove, ha già convocato nel suo ufficio l'agente Rivolta, l'ispettore Mascaranti e il sovrintendente Sciacchitano per fare il punto. Ed è proprio quest'ultimo che accende di speranza quella giornata, già cominciata male, annunciando che sono finalmente arrivati i video della sorveglianza stradale.

«Li avete già visionati?» chiede il vicequestore.

«Non ancora. Se permette lo possiamo fare adesso insieme.»

Sebastiani si allontana platealmente dal computer e indica al sovrintendente di procedere.

Nessuno parla. Non c'è molto da dire, del resto, dato che, fino a ora, l'indagine non ha portato a niente. La Rivolta ha interrogato tutti gli inquilini del palazzo ma nessuno ha ammesso di aver smarrito un mazzo di chiavi.

«O mentono o il colpevole è uno di loro» commenta asciutta.

«Quante donne abitano in quel palazzo?» chiede Sebastiani.

«Una quindicina. Alcune sono anziane però. Direi che se volessimo restringere il campo a quelle che corrispondono al nostro profilo – donna fra i venti e i quaranta – la cerchia si restringerebbe a cinque o sei al massimo.»

«Convocale in questura e mettiamole sotto torchio. Non è granché come pista ma è un inizio.»

Carla annuisce mentre sul monitor del computer iniziano a scorrere delle immagini.

«Ecco, sono loro» annuncia Sciacchitano.

Nel video si vede un'utilitaria con la targa coperta da grosse strisce di nastro adesivo con accanto quattro figure scure.

«Merda» sbotta Sebastiani. «Indossano già le maschere e pure i guanti.»

Prima di entrare nell'edificio si fermano un istante sul marciapiede. Sembrano discutere, poi una indica le Glock e tutte le altre eseguono uno strano movimento sulla canna delle armi.

«Cosa succede?» chiede la Rivolta.

«Non ne ho idea. Provo a ingrandire.»

Il sigaro di Sebastiani scivola veloce da un estremo all'altro della bocca.

«Ecco, ci siamo. Questo è il massimo che posso fare.»

Ora l'immagine è più ravvicinata ma anche più sgranata.

«Ma cosa fanno?» domanda Mascaranti.

«È come se togliessero qualcosa dalla canna della pistola.»

Il Toscanello si blocca all'improvviso e punta lo schermo come a indicare un particolare nascosto.

«Non ci posso credere» sbotta Sebastiani. «Stanno togliendo il tappo rosso!»

«Cosa?» chiede Sciacchitano.

«Quelle sono pistole giocattolo! Praticamente identiche a quelle vere solo che quando le vendono, per distinguerle, hanno un tappo rosso di plastica sulla punta...»

«Ma come hanno fatto le vittime a non accorgersene durante la rapina?»

«Sono copie perfette! E poi pensateci un attimo: se quattro scalmanate mascherate fanno irruzione in casa tua in quel modo e te le puntano in faccia non credo che tu riesca a ragionare molto lucidamente. Tutti quelli che erano alla festa hanno visto i ferri e si sono convinti all'istante che fossero autentici.»

«Incredibile» sospira la Rivolta.

«Proprio così» conferma il vicequestore iniziando a masticare nervosamente il sigaro. «Quelle quattro hanno messo in piedi questo circo che gli ha fruttato un paio di milioni e non hanno nemmeno usato delle pistole vere!»

29

Ottakringerstrasse è una lunga e ampia arteria, piena di negozi e di bar la maggioranza dei quali gestita da turchi. Il freddo è sempre intenso ma il sole è ancora alto in mezzo a un cielo limpido e azzurro da cartolina illustrata.

Il parcheggio è situato nel cortile di un palazzo semidiroccato a due piani. La facciata che dà sulla strada è abitata e ci sono uffici e negozi mentre il retro è abbandonato e in rovina. Nell'ex cortile, ora convertito a parcheggio, sostano una ventina di auto. Intorno crescono erbacce e piante ad alto fusto che avrebbero bisogno di essere potate. Per accedere non c'è nessuna sbarra ma solo la colonnina del parchimetro dove acquistare il ticket per la sosta.

Il Danese la indica con un mezzo sorriso.

«Vuoi che paghiamo?»

Non rispondo e sollevo lo sguardo verso le finestre rotte che affacciano su questo quadrato di cemento ed erba bruciata.

Hurricane ci ha dato appuntamento qui per le quindici e noi siamo puntualissimi. Così rimaniamo nel centro del parcheggio con le quattro frecce accese, in attesa.

La situazione non piace a me e ancora meno al mio amico.

«Portarci qui è stato troppo facile...» sussurra.

«Cosa dici?»

«Che ci sta manovrando a suo piacimento. Per cosa

poi? Per condurci in un parcheggio come questo, semiab-
bandonato. Sembra quasi che...»

Il Danese s'interrompe perché Iris è improvvisamente
spuntata dalla manica del giaccone e gli cammina sul polso
fino a raggiungere la mano.

Lui la osserva stupito mentre l'animaletto gli morde un
dito.

«Ahi! Ma cosa...»

In quel momento un riflesso di luce balugina sul para-
brezza dell'auto.

Il Danese avverte immediatamente il pericolo, istinto di
sopravvivenza come quello di Iris.

«Fuori di qui» ordina perentorio spingendomi verso lo
sportello.

Non ragiono ed eseguo come un automa gettandomi
all'esterno dell'abitacolo proprio mentre l'aria viene ta-
gliata da un fischio e la Volvo esplode sollevando una vam-
pata di fuoco e fumo nero.

«Stai bene?» mi urla Chrestos. «Sei vivo?»

Rimango sdraiato a terra e non sento più niente. Il cielo è sempre azzurro ma sta coprendosi di nuvole nere di
fumo.

Vorrei rimanere lì, sospeso in quel limbo, cercando di
capire se sono ancora vivo o se mi hanno già spedito
nell'inferno degli austriaci ma il Danese, come un novello
Virgilio, è già sopra di me e mi solleva di forza per condur-
mi al riparo nell'androne del palazzo diroccato.

«Era una fottuta trappola» sbotta caricandomi sulle
spalle. «Lo sapevamo ma ci siamo presentati comunque,
come due stupidi! E quello che è peggio è che era pianificata sin da quando abbiamo messo piede a Salisburgo.
Prima il *Biergarten*, poi la scatola di palle di Mozart con
dentro il video. Tutto calcolato. Quel bastardo sapeva fin
dall'inizio che saremmo venuti qui e che ci avrebbe fatto
fuori!»

Cerco di rispondere ma siccome dalla bocca non mi esce niente lui rincara la dose.

«L'avevi detto anche tu: sta giocando con noi, come il gatto col topo, e tu sei troppo innamorato per accorgertene: non ragioni lucidamente.» Mi fissa dritto negli occhi, sembra spiritato.

«Però tranquillo: ti capisco» riprende dopo una pausa. «Ci sono passato anch'io, Enrico. Con mia moglie. È morta per colpa mia, perché mi rifiutavo di accettare che stavo per cadere in una trappola, come te adesso. Ed è successo proprio qui a Vienna, per questo ci ero rimasto solo tre mesi...»

Vorrei chiedergli ulteriori spiegazioni ma Chrestos, come un carnivoro che ha fiutato la preda, è schizzato di corsa su per una vecchia scala che cade a pezzi.

«Ehi, dove vai?» chiedo con un filo di voce.

Non ottengo risposta, l'udito mi è tornato e sento i suoi passi che salgono veloci i gradini. Allora chiamo a raccolta le forze e mi metto a correre dietro di lui. So cosa ha in mente e voglio esserci anch'io quando succederà. Gli sto appresso per inerzia perché senza armi e spaventato come sono non potrò certo essere di grande aiuto se ci troveremo faccia a faccia con Hurricane.

Arrivati al secondo piano ci immettiamo in un lungo corridoio. Il Danese rallenta, come per contare: evidentemente ha visto da quale finestra è partito il missile e ora cerca di orientarsi.

Dopo un secondo d'esitazione, con la pistola in pugno, spalanca a calci una porta prima di appiattirsi contro il muro.

Nessuno gli spara addosso. Scuote la testa e irrompe con l'arma in pugno ma la stanza è vuota. Il vetro della finestra è rotto e sul pavimento lurido c'è un lanciamissili abbandonato.

«Ecco con cosa ha cercato di ammazzarci» sbotta indicandolo col piede.

Io però non lo ascolto nemmeno.

«Riconosco questo posto» sussurro.

«Cosa?»

«Qui è dove l'ha marchiata... Quello è il materasso dove era distesa Andrea e quel sangue...»

Non riesco a finire la frase perché ho un groppo in gola.

Il Danese, con la solita freddezza, non si lascia condizionare dalle emozioni. Si avvicina alla finestra e sbircia di sotto. Mi fa segno di avvicinarmi e io ubbidisco come un automa.

Nel cortile si è radunata una piccola folla. Tanti curiosi, mentre un paio di uomini muniti di estintore tentano di spegnere il fuoco che divampa dalla carcassa della Volvo. Molti scattano foto coi cellulari, altri si guardano intorno per cercare di capire cosa sia successo.

«È per evitare di essere beccato che il nostro uomo se l'è filata» mi sussurra Chrestos facendomi segno di allontanarmi dalla finestra. «E se ci trovano qui con questo lanciamissili daranno a noi la colpa... Avanti, vieni via. Ho notato che c'è un'uscita sul lato opposto, con una scala di ferro. Deve essere fuggito da lì anche lui. E così faremo noi.»

Senza attendere la mia reazione mi afferra per un braccio e mi trascina via.

30

Al terzo caffè della mattina, Sebastiani inizia a valutare con più distacco la rapina a casa Perego.

«Delle dilettanti» commenta davanti alle facce serie di Mascaranti e della Rivolta. «Non potevano certo essere professioniste se hanno usato quattro pistole giocattolo.»

«Fino a ora, però, non hanno lasciato tracce evidenti» s'inserisce Carla.

«Solo perché non le abbiamo ancora trovate. Hanno avuto fortuna, ogni cosa è filata liscia ma, prima o poi, apparirà una crepa in questo loro piano perfetto.»

La porta dell'ufficio si spalanca e appare il sovrintendente Sciacchitano, visibilmente eccitato.

«Ho delle novità» annuncia.

«Vedete?» commenta Sebastiani con un mezzo sorriso. «Ecco la crepa.»

«Cosa, dottore?»

«Niente. Ti ascoltiamo.»

«C'è un testimone.»

«Della rapina?»

«Non esattamente: dice di averle viste fuggire.»

«Meglio di niente» commenta la Rivolta alzandosi in piedi.

Sebastiani la imita.

«Perché non si è fatto vivo prima?»

Sciacchitano si stringe nelle spalle.

«Non ne ho idea. Cosa fa, viene a interrogarlo?»

La risposta è preceduta da un mezzo giro del Toscanello fra le labbra.

«Sì, andiamo tutti a sentire cos'ha da dire.»

L'uomo è sulla sessantina, piccolo e calvo con occhialetti cerchiati d'oro. Parla a voce bassa con una lieve inflessione meridionale e si chiama Mario Cuomo.

Dice che ha letto della rapina sui giornali e per questo si è ricordato. Due sere prima portava a spasso il cane e aveva visto quattro figure salire su un'utilitaria rossa. Se le ricordava perché indossavano delle strane maschere di gomma.

«Non sono venuto subito perché non avevo realizzato» comincia a raccontare. «Cioè, avevo capito che c'era qualcosa di strano ma sul momento ho pensato che quelle andassero a una festa in maschera o roba simile.»

«Una festa in maschera?» chiede Sciacchitano.

«Be', sì. Sa come sono i giovani d'oggi, no?»

«Avevano delle pistole in mano?»

«Non quando le ho viste io. Una, però, aveva uno zainetto.»

«Forse le avevano infilate lì per non dare nell'occhio» interviene la Rivolta.

«D'accordo» riprende Sebastiani paziente. «Si ricorda che auto avevano?»

«Il modello non lo so. Un'utilitaria. Rossa. Piccola. A tre porte.»

«Dal video in nostro possesso si vede solo il retro dell'auto ed è quindi impossibile capire quante porte avesse» spiega la Rivolta. «È sicuro che fosse a tre porte?»

«Sì.»

«D'accordo. Vada avanti, prego» lo esorta Sebastiani.

«Be', non c'è molto altro. Sono arrivate, una ha estratto

le chiavi, ha aperto per far montare altre due dietro mentre la quarta saliva dalla parte del passeggero. Un secondo dopo l'auto si è messa in moto ed è partita.»

Quando Cuomo viene congedato, Sebastiani inizia a mordicchiare nervosamente il sigaro.

«Non mi torna» rimugina a voce abbastanza alta perché anche gli altri della squadra possano sentire, «perché non rubare un'auto a quattro porte per la fuga? Una macchina potente e veloce, casomai venissero inseguite? Un'auto piccola, lenta e a tre porte rallenta di parecchio le operazioni.»

«La risposta la sappiamo già: sono delle dilettanti» ribatte la Rivolta.

«Quindi cosa se ne deduce?»

«Che quell'auto apparteneva a una delle ladre visto che avevano pure le chiavi!»

«Esatto. Dei professionisti per un'azione del genere la rubano e la lasciano aperta pronti alla fuga...»

«Come nei film anni Settanta» ridacchia Mascaranti, subito fulminato da un'occhiataccia del vicequestore.

«Troviamo quell'auto e troveremo le nostre ladre!»

31

Io e il Danese scendiamo le scale di ferro arrugginito sul retro del palazzo a rotta di collo come due ladri che se la filano dopo un furto per poi, una volta raggiunta la strada, allontanarci a piedi, inebetiti e storditi, fra le urla delle persone, le sirene dei pompieri e della polizia.

«Dove andiamo?» chiedo frastornato. «Non abbiamo nulla...»

La Volvo è inutilizzabile perché esplosa. Quello che più mi pesa, tuttavia, è che anche il mio laptop sia andato distrutto. Per fortuna, il mio lato nerd mi porta sempre a essere previdente: ogni dato che avevo sull'hard disk è anche salvato in automatico sul cloud in modo da non perdere nulla. Una vecchia abitudine che conservo dai tempi in cui ero un fuggitivo e non potevo portare nulla con me se non le password dei miei account criptati nel cloud. Questo dovrebbe consolarmi ma il pensiero di essere senza computer mi fa sentire nudo, senza difese. Certo mi rimane il cellulare che ho in una tasca dei pantaloni – la mia mattonella cinese pesante come il piombo ma infallibile – però non è la stessa cosa.

«Torniamo a Yppenplatz» risponde calmo il Danese, di cui invidio la capacità di mantenere il sangue freddo anche in situazioni come questa.

«Cosa hai in mente?»

«Mi sono rimasti abbastanza soldi in quel rotolo per comprarti un altro laptop – lo so che senza i tuoi giocattoli elettronici ti senti perso! – magari proprio dai turchi così risparmiamo. E con quello che mi resta pure un paio di biglietti del treno per Milano.»

«Sarà rubato...»

Lui accenna un sorriso.

«Dici sul serio, Enrico? Hai appena giocato alla Terza guerra mondiale e ti preoccupi di questo?»

«In effetti, hai ragione. Andiamo a vedere cosa offre il mercato.»

Il mercato consiste in una bottega stretta e lunga, seminascosta da una bancarella che vende spezie di tutto il mondo e di ogni colore. E offre più di quanto mi sarei mai aspettato: decine di laptop delle marche e delle dimensioni più disparate; un vero grande magazzino high-tech a cui possiamo accedere grazie alle conoscenze del Danese che, con mio grande stupore, parla fluentemente anche il tedesco.

«Tu chiedi quello che vuoi e io cercherò di tradurre al meglio» mi dice.

«Sei pieno di risorse, sai?»

«Lo dicono anche le entraîneuse quando mi levo i pantaloni. Ora vuoi continuare a parlare dei miei attributi o mi dici quello che ti serve?»

Dopo qualche incomprensione iniziale e tre portatili che non mi soddisfano, finalmente trovo quello che fa per me: un MacBook Pro supercorazzato da 16 pollici. Valore commerciale duemilacinquecento euro, valore turco rubato cinquecento. Un vero affare.

Il Danese conta le banconote e le passa al negoziante chiedendo però un omaggio: uno zainetto per portarlo in giro. L'uomo acconsente e così posso uscire in strada col mio nuovo acquisto sulle spalle.

«Soddisfatto?»

Sto per rispondere quando lo smartphone inizia a squillare.

«Chi è?»

«Lui. Chiama col cellulare di Andrea; è una videochiamata.»

Mi sposto in un angolo della grande piazza e rispondo. L'immagine che appare traballa un po' ma è nitida.

In sottofondo una musica inconfondibile, fin troppo allegra per la tragicità di quello che sta succedendo: l'ouverture delle *Nozze di Figaro* di Mozart.

Hurricane non appare, inquadra Andrea legata, come al solito, e distesa su quelli che sembrano i sedili posteriori di un'auto. Probabilmente l'interno di un suv con i finestrini posteriori oscurati.

«Andrea!» urlo, ma lei non risponde. È viva perché vedo che respira e ogni tanto le sue braccia, seppure legate, fanno piccoli movimenti.

«Non può sentirti: l'ho sedata.»

La voce del mio nemico mi arriva improvvisa e dolorosa come una coltellata alla schiena. Non si fa vedere in viso, preferisce mostrare la mia ragazza indifesa, completamente in balia della sua follia.

«Oggi te la sei cavata, Enrico, ma la prossima volta non sarai così fortunato. Ti sei rivelato un avversario degno. O forse lo è il tuo amico greco. Ringrazia lui se sei ancora vivo.»

Il Danese digrigna i denti ma non fiata.

«Dove la stai portando? Perché non la liberi?»

«Ogni cosa a suo tempo: oggi ve la siete giocata bene e non avete barato, per questo lei rimarrà viva. Adesso però il nostro campo di gioco cambierà e anche l'obiettivo. Riceverai presto mie notizie.»

«No, aspetta...»

Lo schermo però è già diventato nero. Ha riattaccato. Senza perdere tempo recupero il Mac dallo zaino, lo collego al cellulare per avere la connessione internet e mi metto a battere sui tasti.

«Cosa fai?» chiede Chrestos.

«Triangolo la sua chiamata per capire dove si trova.»

«Puoi farlo?»

«Finché tiene il cellulare di Andrea acceso, sì. Ecco qui: un'area di sosta autostradale vicino a Pressbaum.»

«Dov'è?»

«Poco fuori Vienna.»

«Lo stai ancora tracciando?»

«No, adesso l'ha spento e non posso più localizzarlo. Ha aspettato apposta per farmi sapere dove si trovava.»

«Non capisco. E a che scopo l'avrebbe fatto?»

«Per farci sapere che è in autostrada e che sta tornando in Italia.»

32

L'uomo sorride soddisfatto e tiene il tempo battendo con l'indice sul volante mentre l'abitacolo del suv è invaso dalle note briose di Mozart.

Il cellulare di Andrea è spento, posato sul sedile del passeggero: lo riaccenderà a tempo debito quando dovrà gettare la nuova esca al giornalista.

Il traffico è scorrevole e lui può concentrarsi sui suoi pensieri mentre l'auto corre veloce. È orgoglioso di quel suv non solo per l'affidabilità ma anche perché dispone di un doppio fondo particolare: uno scomparto situato sotto al baule dove tiene la prigioniera.

È isolato termicamente e insonorizzato e vi si accede dalla parte posteriore dell'abitacolo senza pericolo di essere visti grazie ai finestrini oscurati. Se Andrea si sveglia e urla nessuno la potrà sentire e, comunque, non succederà perché l'ha sedata pesantemente. Nel kit da viaggio di Hurricane non mancano mai siringhe e morfina in grande quantità, oltre a un piccolo arsenale che ora si è ridotto a un paio di pistole. Nel viaggio d'andata c'era anche il lanciarazzi, in pezzi. Aveva già deciso di abbandonarlo sul posto: troppo pericoloso perdere tempo per smontarlo e riportarlo indietro. Se l'era procurato dai serbi, una piccola deviazione prima di mettersi sulla strada per l'Austria, e l'aveva maneggiato sempre indossando i guanti, quindi non avrebbero rivenuto nessuna impronta.

Ora doveva concentrarsi sulla fase successiva dell'operazione. Certo, non tutto era andato come previsto: il greco si era rivelato un osso duro, esperto di armi e di malavita. Senza di lui Radeschi a quest'ora sarebbe già morto. Poco male, avrebbe rimediato anche a questo. Il lato positivo è che ora disporrà di più tempo per divertirsi col giornalista e con la ragazza. Gli resta solo da sistemare un'altra faccenda e, se tutto girerà come deve, al più tardi fra due giorni, il suo nuovo obiettivo sarà morto.

33

La Wien Hauptbahnhof, la stazione centrale di Vienna, è una moderna costruzione in vetro che ricorda più un aeroporto che uno scalo ferroviario. Alle casse la coda è breve e in pochi minuti abbiamo già i nostri biglietti di sola andata per Milano.

«Ho preso le cuccette con gli ultimi soldi. Da qui a destinazione dobbiamo cavarcela con quello che hai tu in tasca. Quant'è?» mi chiede il Danese.

Mi ricordo nuovamente di aver scordato la carta di credito e conto le banconote nel portafoglio.

«Una cinquantina di euro.»

«Ce li faremo bastare.»

Alle diciannove e trenta in punto il treno WS 8123 Nightjet lascia la banchina della stazione con noi a bordo.

Viaggeremo tutta notte e giungeremo alla stazione di Lambrate domattina intorno alle sette e mezzo, in tempo per la colazione con un caffè decente e un cornetto.

Io non ho molta voglia di parlare; tutti i miei pensieri sono per l'uomo che me l'ha giurata ormai da dieci anni, l'uomo della pianura: Hurricane. Oggi siamo stati davvero a un passo dalla morte ma il Danese non sembra preoccuparsene troppo. E reagisce a modo suo: dopo un paio d'ore in cui cerchiamo di riposare senza successo mi costringe ad accompagnarlo al vagone bar. Ci accomodiamo su due sgabelli imbullonati al pavimento e il barista è attento a servire a Chrestos una nuova birra appena finisce quella che ha davanti. Il gioco non andrà avanti a lungo visto che, dopo tre giri, dei miei soldi non è rimasto quasi più niente.

«Cosa voleva dire secondo te con quella frase?» mi domanda quando arriviamo all'ultimo bicchiere che possiamo permetterci.

«Quale?»

«Che è cambiato l'obiettivo. Chi vuole ammazzare adesso?»

«Hurricane è un folle, potrebbe trattarsi di chiunque.»

«È un folle lucido. Ha un piano, questo è evidente. È metodico, preparato. Ripensa a quando lo avete catturato...»

«D'accordo. Cosa vuoi sapere?»

Il Danese prende un lungo sorso.

«I nomi di quelli che lo hanno mandato al gabbio.»

«All'epoca c'era una piccola task force che gli dava la caccia. L'intuizione l'aveva avuta Boskovic, il maresciallo di Capo di Ponte Emilia che aveva provato ad arrestarlo ma senza successo. Alla fine erano stati Lonigro e Sebastiani a spargli addosso e a fermarlo...»

«Lonigro è quello che hanno ammazzato in Puglia, giusto?»

Fisso il mio amico negli occhi mentre un dubbio atroce mi assale.

«Vuoi dire che...»

«Io non credo alle coincidenze.»

«Hai ragione, nemmeno io. Infatti non si è trattato della quarta mafia...»

«Direi di no. Quindi rimane una sola persona.»

«Sebastiani! Merda, devo avvertirlo subito. Sarà lui il prossimo bersaglio. Gli dirò di rimanere barricato in questura.»

«Ti ascolterà?»

«Normalmente non lo farebbe, ma siccome sa di cosa

è capace il nostro avversario credo che stavolta mi darà retta...»

Compongo il suo numero ma squilla a vuoto.

«Non mi risponde. Quel testone o mi tiene il muso perché nelle ultime ventiquattro ore non gli ho risposto oppure sta con una delle sue conquiste...»

«Oppure Hurricane l'ha già beccato...»

Sospiro.

«Qualunque sia la spiegazione fra poco la scopriremo.»

34

La mattina milanese è gelida, umida e il cielo minaccia pioggia.

Anche se è presto, la metropoli è già sveglia, piena di pendolari e di studenti; il mondo che va avanti incurante di tutto e di tutti.

Radeschi e il Danese scendono stremati dal treno alla stazione di Lambrate. Di fare colazione o di prendere un taxi per tornare a casa non se ne parla nemmeno visto che sono completamente a secco.

Nessuno dei due è riuscito a chiudere occhio e si sentono a pezzi.

Il giornalista ha provato a chiamare Sebastiani un altro paio di volte senza tuttavia ottenere risposta, poi la batteria del cellulare gli si è scaricata ed è finito in blackout.

I due s'incamminano rassegnati verso le rispettive abitazioni percorrendo un lungo tratto di strada insieme. Non parlano, hanno già discusso tutta notte cercando di elaborare una strategia, di capire cosa passi realmente per la testa di Hurricane, senza, naturalmente, venirne a capo.

Giunti in corso Buenos Aires le loro strade si dividono: il Danese sale su un bus che lo porterà all'Isola mentre Enrico svolta a sinistra verso Porta Venezia, ormai non manca molto.

Peccato che inizi a piovere e lui si ritrovi in un secondo

bagnato fradicio. Per fortuna lo zainetto portacomputer è impermeabile!

Quando sbuca a Palestro, tremante e inzuppato fino alle ossa, sul lato opposto della strada nota un'auto che non può non riconoscere.

Nonostante il diluvio in corso la curiosità è troppa, così attraversa e, stupito, bussa al finestrino lato guidatore.

Il vetro si abbassa e si ritrova davanti alla faccia assonnata di Loris Sebastiani.

«Ti sei appostato sotto casa mia?»

«Come ai vecchi tempi!»

«Ti ho chiamato diverse volte la scorsa notte.»

«Avevo inserito la vibrazione e non ho sentito le chiamate. E comunque lo sbirro sono io: le faccio io le domande.»

«D'accordo, però saliamo in casa. Sono fradicio ed esausto.»

35

L'ultima cosa che mi sarei aspettato era di trovare Sebastiani a farmi la posta sotto casa – ossia casa di Fuster, dove vivo ormai da alcuni mesi – ma il risultato non cambia.

Ancora non gli ho detto di Hurricane, del rapimento di Andrea, del pericolo che incombe sulla sua vita. Valuto i pro e i contro di questa eventuale confessione mentre m'infilo sotto il getto bollente della doccia. Dopo cinque minuti abbondanti mi sento rigenerato e posso raggiungere il mio amico in cucina.

Il vicequestore non ha perso tempo: lo ritrovo con le maniche della camicia arrotolate intento a cucinare.

«Fai i pancake per la colazione?»

«Scherzi? Mica siamo in America qui. È da ieri a mezzogiorno che non metto niente nello stomaco, mi ci vuole qualcosa di sostanzioso. Sto preparando degli spaghetti al pomodoro.»

«Alle otto di mattina?»

«E allora? Ho anche stappato una delle bottiglie che c'erano nella cantinetta...»

«Quelle di Fuster? Guarda che si tratta di roba costosa.»

«Confermo: il chianti che sto bevendo costa un occhio. Ottima annata tra l'altro: 2008.»

«Versamene un bicchiere, va'. Anch'io non mangio da

ieri a pranzo. Stamattina, quando siamo arrivati in treno, non avevamo più nemmeno i soldi per la colazione...»

La fronte del vicequestore si aggrotta: non avendo il sigaro fra i denti per decifrare cosa pensa sono costretto a esaminare le sue espressioni facciali. Esperienza decisamente inedita.

«Siete arrivati in treno? Ma non eravate partiti in auto?»

Prendo un lungo sorso di vino prima di rispondere.

«Facciamo così, Loris. Scola quella pasta e appena saremo seduti a tavola ti racconterò tutto: ti anticipo però che non ti piacerà.»

«Non avevo dubbi.»

Finito il pranzo delle otto e trenta del mattino, Loris riempie i nostri calici di vino e mi fissa negli occhi.

«Ok, ti ascolto. Non tralasciare nulla.»

Inutile tentare di nascondere qualcosa al mio amico sbirro, tanto finirebbe per scoprirlo comunque. E poi devo avvertirlo del pericolo che sta correndo, così vuoto il sacco e gli racconto per filo e per segno il delirio che ho vissuto nelle ultime quarantotto ore.

Loris non mi interrompe mai, rimane in silenzio, finisce la bottiglia di vino e passa al rum Pampero che trova nella credenza. Io non tralascio nulla di quello che è accaduto, nemmeno i reati che abbiamo commesso.

«Il suo prossimo bersaglio sei tu» concludo in tono vagamente melodrammatico. «E ciò che è peggio è che io non dovrei nemmeno avvertirti perché se viene a saperlo potrebbe vendicarsi su Andrea.»

«Si vendicherà comunque su Andrea! Indipendentemente da quello che succederà, purtroppo.»

Lo dice con un filo di voce, senza nessuna intonazione particolare. Come se stesse ragionando di un caso qualunque in questura. E forse ha ragione: la prima regola di un buon investigatore è quella di non lasciarsi trasportare dalle emozioni.

«Facciamo così» dice alzandosi in piedi. «Questa conversazione fra noi non è mai avvenuta e io non sono mai stato qui.»

«E se lui ci spiava sotto casa?»

«Improbabile: se ha guidato tutta notte adesso si starà riposando. Ora passo a casa a farmi una doccia e poi vado in questura. Ti aspetto nel pomeriggio: tu arriverai e mi chiederai della rapina. Come se niente fosse. Del rapimento di Andrea e del resto non faremo parola davanti a nessuno.»

«Tutto qui?»

«Per ora sì. Appena arrivo in ufficio, però, farò in modo di ripescare il fascicolo di Hurricane dall'archivio e di comunicare a tutte le forze di polizia che il nostro amico è ancora vivo e vegeto e che il cadavere ritrovato carbonizzato in quell'auto a Vicenza non apparteneva a lui. Prima di mezzogiorno sarà di nuovo il ricercato numero uno d'Italia.»

Vorrei dirgli che forse ha cambiato nuovamente faccia, che dargli la caccia metterà ancora più in pericolo Andrea, che se lui è nel mirino la prima cosa che dovrebbe fare è trovarsi una guardia del corpo o restare barricato in questura. Ma so già che non mi ascolterebbe.

Si alza in piedi e senza aggiungere altro se ne va. Si comporta sempre così quando è spaesato e deve riflettere. Lo capisco: vuole stare solo per ragionare in modo distaccato su tutto quello che gli ho raccontato.

Quanto a me, non so esattamente cosa fare, così procedo per inerzia: sfilo dallo zaino il mio nuovo Mac e lo accendo. Metto la moka sul fuoco e, dopo due giorni di blackout, controllo finalmente la posta elettronica e le statistiche di *MilanoNera*. Che ovviamente sono in picchiata: dopo il boom dello scoop sulla rapina di via Monte Rosa non ho più postato nessun aggiornamento e un buco di due giorni per un portale d'informazione in rete equivale più o meno a essere proiettati nel Giurassico. Se n'è accorto anche Fuster che mi ha inviato cinque email, caratterizzate da toni di preoccupazione crescenti, per sapere se andava tutto bene e chiedermi lumi sul perché non aggiornassi il sito.

Butto giù il caffè d'un fiato e mi metto a battere febbrilmente sui tasti per stilare un pezzo sullo stato delle indagini. Non che ci siano grandi novità: mi limito a scopiazzare quello che c'è scritto sui siti della concorrenza. Insomma, gli rendo la pariglia comportandomi come fanno loro di solito. Servirà giusto per tamponare la situazione: in questura Sebastiani e la sua squadra mi forniranno ulteriori dettagli e allora sì che potrò sbaragliare nuovamente gli altri con delle notizie di prima mano. Per ora mi devo accontentare.

Quando finisco di scrivere, mi alzo in piedi per dare un'occhiata fuori: ha smesso di piovere ed è perfino comparso un timido sole. Così decido di correre il rischio e di scendere in strada e saltare in sella al Giallone. Che, naturalmente, fra gelo e pioggia, non ne vuole sapere di avviarsi. Come dico sempre, una Vespa del 1974 non è uno scooter, è una missione. Occorrono pazienza, costanza e fiato per correre spingendola fino a sudare, cercando di metterla in moto. Quando ormai sono grondante, il vecchio cuore meccanico decide di farmi la grazia e si accende. Felice come una Pasqua salto in sella e mi dirigo verso il mio appartamento, cioè la temporanea dimora di mia cugina Marika.

Mi manca il piccolo Rimbaud e, prima di ritornare alle brutture della vita, ho voglia di passare almeno cinque minuti con lui, sdraiato a terra per farmi leccare la faccia.

36

Nel pomeriggio riprende a piovere e Radeschi arriva in questura in sella al Giallone bagnato da capo a piedi. Il piantone sghignazza mentre lo fa parcheggiare nel cortile interno. Ormai il cronista è di casa lì anche se Enrico continua a provare un certo brivido ogni volta che sale le scale per raggiungere l'ufficio di Sebastiani.

Trova la porta socchiusa ed entra senza bussare, come fa sempre.

Il vicequestore lo accoglie con un mezzo sorriso.

«Ogni tanto una buona notizia e qualcosa che funziona!» dice posando la cornetta.

«Un parente lontano ti ha lasciato un'eredità milionaria?»

«Non così bene ma a volte tocca accontentarsi, no?»

«Sarebbe a dire?»

«Era il commesso di Odette, la sartoria. Domattina posso passare a ritirare il mio nuovo abito. Farò l'ultima prova e, se non ci sono modifiche, me lo porto subito a casa.»

«Ti accontenti di poco.»

«Le piccole cose rendono felici. E ora se hai finito con la filosofia possiamo metterci al lavoro.»

Non è una domanda ma un ordine. Il poliziotto pesca dalla tasca della giacca la scatola di Toscanelli e ne sfila uno. Quando il sigaro è posizionato al lato della sua bocca, possono iniziare a concentrarsi sugli sviluppi dell'indagine.

«Da dove vogliamo cominciare?» chiede Radeschi sedendosi su una delle scomodissime poltroncine dell'ufficio.

«Da questo video» replica il vicequestore girando il monitor nella direzione del giornalista.

Preme un tasto e l'immagine prende vita. «Si vedono le rapinatrici scendere da un'utilitaria rossa con le pistole in pugno, solo che prima di entrare si accorgono di non aver tolto il tappo rosso alle armi...»

«Erano Glock giocattolo!»

«Esatto! Però non sei qui per dirmi quello che già sappiamo.»

«Ah no?»

«No, tu mi servi per l'auto.»

«In che senso?»

«Il modello lo conosciamo: una Citroën C3 rossa, a tre porte. Quello che non sappiamo, perché l'hanno coperta abilmente con del nastro adesivo, è la targa.»

«Fammi capire: siccome hanno usato un'auto piccola e per di più a tre porte, tu pensi che la vettura appartenga a una delle indiziate, giusto?»

«Proprio così, altrimenti che senso avrebbe coprire la targa? Se l'auto fosse stata rubata non c'era bisogno di quell'accortezza, no?»

«D'accordo, però ancora non ho capito cosa vuoi che faccia.»

«Quello che fai sempre! Introdurti nei computer della motorizzazione e incrociare i dati con tutto quello che ti viene in mente per scoprire chi fra gli inquilini di quel palazzo – o fra i loro congiunti e amici – possiede quel tipo di vettura. Se poi troverai qualcosa farò fare le ricerche anche per vie ufficiali, da usare per il processo.»

«Sai che si tratta di un lavoro immane, vero?»

«Lo so, ma il tempo corre e non ho tempo per le lungaggini burocratiche! Me ne occuperò dopo, delle scartoffie!»

Il cellulare salva Radeschi dal rispondere con un insulto. Appena vede il nome sul display sbianca.

«È lui» annuncia abbassando la voce. «Chiama col cellulare di Andrea.»

«Rispondi, avanti.»

Enrico si porta la cornetta all'orecchio.

«Buongiorno, sei rientrato bene a Milano?»

La voce di Hurricane è allegra, come se fossero vecchi amici.

«Come sta Andrea?»

«Oh, ma ce l'hai sempre in testa quella ragazza! Sta bene, tranquillo.»

«Voglio vederla, non mi fido di te.»

«Invece dovresti. Comunque ti ho appena spedito un filmato. Guarda pure, io aspetto.»

Radeschi apre il messaggio e lancia il video. Andrea sdraiata su una specie di brandina. È sempre sedata ma viva, come si nota dai soliti piccoli movimenti. Posata accanto alla faccia ha una copia del *Corriere della Sera* di oggi.

«Possiamo continuare la nostra conversazione adesso?» lo incalza Hurricane.

«Sì» sussurra il giornalista, scosso.

Sebastiani lo fissa immobile ma il sigaro fra le sue labbra corre veloce da un'estremità all'altra della bocca.

«Ascoltami bene perché non lo ripeterò: appuntamento alla villa del musicista. Domani alle dodici. Ti aspetto da solo, stavolta. Se non vieni, lei muore, se vieni con gli sbirri o col tuo amico greco, lei muore.»

«Aspetta, dimmi... Merda, ha riagganciato.»

«Cosa ha detto?» chiede il vicequestore.

«Una specie di messaggio in codice. Posso usare il computer?»

«Accomodati. Di che messaggio in codice parli?»

L'anima informatica di Radeschi, però, ha già preso il sopravvento e digita febbrilmente sulla tastiera.

«Cosa fai?»

«Provo a localizzarlo.»

«E funziona?»

«Sì, ogni volta che accende il telefono si collega a una cella e se lo tiene acceso abbastanza a lungo... Ecco, ce l'ho.»

«Dov'è?»

Radeschi scuote la testa.

«Quel bastardo ha decisamente il senso dell'umorismo: si trova in piazza Duomo! Ora l'ha nuovamente spento. Scommetto che si è piazzato in un punto cieco per le telecamere di sorveglianza...»

«Proviamo comunque a richiedere i filmati.»

«Certo, ma so già che sarà il solito buco nell'acqua. Lui continua a giocare con tutti noi: con me, con te, col Danese...»

«Sei sicuro che Andrea sia ancora viva?» domanda Sebastiani preoccupato.

«Guarda tu stesso.»

Gli porge il cellulare e gli mostra il video.

Stavolta Sebastiani inizia a masticare il sigaro nervosamente.

«Figlio di puttana. La tiene in stato vegetativo, costantemente narcotizzata.»

«Già, e quel che è peggio è che ora ha anche alzato l'asticella perché anziché indicarci le coordinate come le volte precedenti stavolta mi ha posto una specie d'indovinello.»

«Sarebbe?»

«Ha detto che se vede la polizia o il Danese, Andrea è morta.»

«D'accordo, ma questo non è in codice, è un avvertimento.»

Radeschi sospira e si lascia cadere contro lo schienale della sedia.

«Il messaggio esatto è stato: "Appuntamento alla villa del musicista, domani alle dodici".»

«Mezzogiorno di fuoco?»

«Non sei divertente, Loris.»

«Volevo solo sdrammatizzare. Cos'è questa villa del musicista? Non sarà per caso il Conservatorio? Il Teatro alla Scala?»

«No, troppo generico...»

«Aspetta: ci sono! Casa Verdi: la casa di riposo per musicisti in piazza Buonarroti.»

«Sì, potrebbe, però...»

«Però cosa?»

«Non so, non mi quadra con le volte precedenti. Vedi, sia a Salisburgo sia a Vienna il luogo scelto per lo scambio aveva sempre a che fare con... Ma certo! Ho capito!»

Radeschi si sporge e si mette a digitare nuovamente sulla tastiera.

«Cosa hai capito? Dov'è questa casa del musicista?»

«Non è una casa, lui ha detto villa, e guarda caso qui a Milano, a Palestro, cioè praticamente dietro casa di Fuster, c'è questa.»

Sullo schermo appare la sagoma inconfondibile di un edificio elegante e signorile completamente ricoperto di edera.

«Che mi venisse un accidente, quella è...»

«Villa Mozart, esatto. Te l'ho detto, quel bastardo si diverte un sacco a giocare con noi!»

37

Stavolta non ci faremo fregare.

Sebastiani è informato di ogni dettaglio ma rimarrà comunque dietro le quinte, insieme al Danese, per non insospettire Hurricane mentre io mi presenterò da solo all'incontro. Questa perlomeno è l'idea che ho in testa e che devo ancora condividere con Chrestos.

Da quando siamo tornati a Milano non l'ho più sentito e al cellulare non risponde. So però dove trovarlo, così mi rassegno a montare in sella al Giallone – almeno non piove più – e ad andarlo a cercare nel suo locale preferito, il vodka bar dei russi in viale Bligny.

La prima volta che ci ho messo piede ho assistito a una sfida *Nemiroff* fra lui e un energumeno stile Ivan Drago per la quale ho ancora gli incubi...

La vendita di alcolici, ovviamente, è solo di facciata per coprire traffici ben più lucrosi.

A capo di tutta la baracca c'è Vassily – occhi glaciali, tatuaggi ovunque, capelli rasati – esponente locale della *Organizacija* con cui, manco a dirlo, il Danese va d'amore e d'accordo. Dicono di essere vecchi amici dai tempi di Rostov, dove chissà che porcherie avranno combinato insieme...

Ogni tanto fra loro sorge qualche incomprensione che, tuttavia, riescono sempre ad appianare; insomma alti e bassi, come in tutte le storie d'amore. Anche se, a dire la verità, una volta abbiamo rischiato che ci facesse fuori entrambi ma sono dettagli senza importanza per il mio amico greco: lui adora quel vodka bar dove le entraîneuse, se sei del giro giusto, ti portano nelle camere riservate al piano superiore per farti divertire. Servizio al quale il Danese attinge, per così dire, a piene mani.

Di questa sua passione, come di quella per l'alcol, non ha mai fatto mistero e io ho sempre ammirato la capacità del mio amico di rimanere Zen anche nelle situazioni peggiori. Questa è la sua quotidianità; fuma maria ogni giorno e va con le squillo ma, per il resto, è uno di cui ho imparato a fidarmi.

Quando metto piede nel locale me lo ritrovo seduto a un tavolino, solo con una bottiglia di vodka davanti. Vuota. La serata è tranquilla, pochi clienti. Musica alta come sempre e luci basse.

Appena mi vede sorride. Una bionda bellissima fa lo stesso con lui.

«Hai festeggiato?» chiedo indicandola.

«Oh, quello è stato prima. Quando ancora mi funzionava. Con quello che ho bevuto non credo mi si rizzerebbe adesso.»

«Dài, ti accompagno a casa, Casanova. Prendere un po' d'aria in sella al Giallone ti farà bene.»

«O mi congelerò.»

Mentre lo aiuto ad alzarsi incrocio lo sguardo di Vassily. È seduto a un tavolo con un'altra siberiana sulle ginocchia. Mi fa un cenno di saluto col mento che io ricambio.

L'aria polare della notte milanese sembra risvegliare il Danese che, per tutta la durata del viaggio, canticchia una struggente litania greca, ricordo della sua infanzia.

Quando finalmente saliamo a casa sua, io mezzo assiderato per il freddo, lui nuovamente carico e pimpante, la prima cosa che fa è pescare dal freezer due bicchieri. Vecchia usanza greca, quella di raffreddare i boccali perché non scaldino la birra quando ce la versi.

Infatti dal frigo estrae due bottiglie di Mythos e le versa nel vetro appannato.

«Cosa fai? Riprendi a bere? Dieci minuti fa non ti reggevi nemmeno in piedi tanto eri sbronzo...»

«Ora sto meglio e poi, al contrario di quel che si dice in giro, a me abbassare la gradazione aiuta a tornare sobrio.»

«Sai che quella che hai appena detto è una stronzata, vero?»

Si stringe nelle spalle mentre si porta il bicchiere alle labbra. Scuoto la testa e lo imito: avrei preferito una bella cioccolata calda ma dubito che il Danese ne abbia in casa, così mi accontento.

Lui intanto si siede sull'unica sedia, sfila dalla tasca una busta piena di marijuana e inizia a rollare una canna.

«Mi sto preparando al meglio per il tuo racconto: la birra per tornare sobrio e la maria per rilassarmi.»

«Come no: queste, del resto, sono le pratiche che suggeriscono anche ai membri dei consigli d'amministrazione prima di prendere importanti decisioni.»

«Vedi? Sono all'avanguardia!»

Non credo che abbia capito che lo stavo perculando ma, in fondo, non importa. Gli spiegherò a grandi linee il piano e lui cercherà di ricordarselo al meglio.

Sospiro e mi siedo sul letto pronto per riferirgli dell'ultima sfida che ci ha lanciato Hurricane.

«Ehi, fai attenzione se non vuoi trovarti un buco di culo supplementare» mi avverte Chrestos.

Contro una chiappa sento qualcosa di rigido, controllo e mi accorgo che sotto il cuscino c'è la pistola che si è procurato ad Yppenplatz.

Mi sorride mentre accende il joint: «Se uno stronzo crede di sorprendermi nel sonno avrà una bella sorpresa.»

«Questo è certo.»

«Bene, ora sono tutto orecchie. Raccontami cos'hai in mente.»

38

Il piano è semplice, classico.

Sebastiani e Radeschi ci hanno lavorato di notte, al telefono mentre il Danese, in sottofondo, suggeriva. Sarebbe stato più semplice incontrarsi ma il giornalista era convinto che Hurricane li tenesse d'occhio quindi meglio evitare di vedersi per non insospettirlo.

Ora, col primo sigaro della giornata stretto fra le labbra, il vicequestore osserva nel monitor di servizio Radeschi che passeggia avanti e indietro sul marciapiede. Lo sbirro è nel suo ufficio e le immagini arrivano in diretta dal furgone civetta che hanno piazzato davanti alla villa.

Sono le 11 e 58 del mattino, due minuti all'ora dell'incontro.

Gli ultimi dettagli li hanno definiti mezz'ora prima nel retro di un bar di piazzale Loreto, lontano da curiosi e occhi indiscreti.

«Che eleganza, Loris! Devi andare a un matrimonio?»

«No, è l'abito che ho appena ritirato da Odette. Voglio essere impeccabile per la conferenza stampa in cui annunceremo al mondo la cattura di quello stronzo!»

«Non eri scaramantico una volta riguardo a queste cose?»

«Ora non più. Ecco, infilati questo auricolare bluetooth. Collegalo al cellulare e rimani in contatto con noi durante tutta l'operazione. Così sentiremo le tue e le sue parole.

Sciacchitano, Mascaranti e la Rivolta sono già posizionati dentro al furgone civetta che abbiamo parcheggiato ieri sera davanti alla villa. Sopra c'è l'insegna di un lavasecco e anche una telecamera che trasmetterà le immagini di quello che succede direttamente in questura.»

«Lo sai che non devono mettere il naso fuori, vero?»

«Certo. Ora prendi questo: è un localizzatore gps. Come vedi è grande come un bottone. Infilatelo dentro una scarpa. Se, come crediamo, lui ti prenderà come ostaggio, la prima mossa che farà sarà quella di perquisirti: ti sequestrerà cellulare e auricolare ma questo non potrà trovarlo se ce l'hai sotto ai piedi.»

Il resto è fin troppo scontato: farsi condurre da Hurricane nel covo dove tiene Andrea prigioniera, liberare lei e catturare lui. I piani non devono essere per forza originali, basta che siano efficaci.

«Tutto qui?»

«Quasi. Ti manca d'infilarti questo.»

Sebastiani aveva passato al giornalista una busta sotto al tavolo.

«Sei impazzito?»

«È per la tua sicurezza.»

«Non posso indossare un giubbotto antiproiettile! Capirebbe subito che ci siete anche voi nei paraggi e salterebbe tutto.»

Il sigaro nella bocca del vicequestore aveva compiuto una rotazione completa. Molto lentamente.

«D'accordo, ma se ti spara e sopravvivi poi ti ammazzo io, intesi?»

Radeschi aveva abbozzato un sorriso ed era uscito. Era salito in sella al Giallone e, dopo un lungo giro per essere sicuro che nessuno lo seguisse, era finalmente giunto a destinazione: Villa Mozart, un gioiello Art déco quasi completamente ricoperto dall'edera; un bosco verticale ante litteram.

La villa, costruita nel 1926 e originariamente battezzata Villa Zanoletti, è stata sede del Rotary Milano fino al 1996. Adesso ospita un laboratorio orafo e un museo che il Danese sta visitando camuffato da turista. Vale a dire con un berretto da baseball in testa, un paio di occhialoni da sole, una barba finta rimediata chissà dove e la pistola infilata nella cintura, pronto a correre fuori in caso di bisogno.

Sebastiani avrebbe preferito che rimanesse a casa ma Chrestos non ha voluto sentire ragioni. «Da troppo tempo faccio l'angelo custode di Enrico e non ho certo intenzione di smettere oggi» aveva sentenziato.

Così sono tutti in posizione, in attesa.

La via è poco trafficata, situata in una zona signorile di Milano dove non ci sono uffici ma solo dimore di famiglie facoltose. Parcheggiati sul lato opposto ci sono una Mercedes 500, una Porsche Cayenne, il furgone civetta della polizia, un'Alfa Giulia e un Fiorino Cargo di una ditta di tinteggiature.

Radeschi fa un altro avanti e indietro lungo il marciapiede.

Le 12 e 12 minuti.

«Non arriva. Forse era davvero Casa Verdi» sussurra nel microfono dell'auricolare.

«Tranquillo» risponde Sebastiani. «Starà studiando il posto e vuole essere sicuro che non ci sia nessuno oltre a te.»

Nella conversazione s'inserisce la voce bassa di Carla Rivolta.

«Abbiamo avvistato un uomo, ha appena girato l'angolo e si avvicina.»

«È lui» annuncia sicuro Sciacchitano. «Ora lo inquadro per farglielo vedere, dottore.»

Sul monitor di Sebastiani appare un viso che gli è fin troppo familiare: «Confermato, si tratta di Hurricane.»

«Non può essere» sussurra Radeschi. «Quel volto...»

«Silenzio» ordina il vicequestore. «Cos'ha in mano?»

«Non si capisce» risponde il sovrintendente. «Sembra una scatola.»

L'uomo cammina deciso in direzione del giornalista che lo attende immobile.

«Non è lui» sussurra Radeschi.

«Certo che è lui!» ringhia Sebastiani. «Quella faccia è inconfondibile. Me lo ricordo come se fosse ieri.»

«Cosa facciamo?» chiede Sciacchitano.

«Via, becchiamolo» ordina Sebastiani.

«Roger» risponde una voce sconosciuta.

In quel momento dal Fiorino sbucano quattro teste di cuoio con i fucili spianati che corrono a circondare Hurricane.

«Ma cosa...» sussurra Radeschi interdetto.

«Tranquillo, Enrico: sono addestrati e hanno i giubbotti antiproiettile. Una squadra intera contro un solo uomo. Tu allontanati, è un ordine!»

«Non è lui.»

Sebastiani lo ignora e ripete con tono secco: «Procedete all'arresto.»

Dal furgone scendono Mascaranti, Sciacchitano e la Rivolta. Anche loro indossano i giubbotti antiproiettile e i caschi. Rimangono un po' indietro rispetto ai colleghi che ormai sono vicinissimi al criminale.

Radeschi si è allontanato di qualche passo e, sulla porta d'ingresso del museo, è comparso il Danese per osservare meglio quello che sta succedendo.

«Posalo a terra» grida uno dei poliziotti a Hurricane. «Posa quel cazzo di pacco a terra, svelto!»

L'uomo rimane immobile, incerto sul da farsi.

«Mettilo giù o ti sparo in faccia!» gli ringhia lo sbirro.

«Va bene, va bene!»

La voce è *diversa*.

Radeschi se ne rende conto subito. Ma è troppo tardi:

appena il pacco tocca terra tutto svanisce in una violenta esplosione. *Boom!*

Un boato fortissimo seguito da una fiammata. I quattro poliziotti vengono proiettati lontano dalla deflagrazione, anche la Rivolta e gli altri cadono a terra per lo spostamento d'aria. I vetri delle auto parcheggiate vanno in frantumi, gli allarmi iniziano a suonare, il fumo nero invade la strada e brucia negli occhi...

39

Il fragore dell'esplosione mi rimbomba nella testa. Le orecchie fischiano e mi sento intontito; cadendo devo aver battuto la testa che mi duole.

Il primo a soccorrermi è il Danese. Mi aiuta ad alzarmi scuotendo il capo.

«Un botto così non lo vedevo dai tempi di Rostov» commenta. «Comunque tutto è bene ciò che finisce bene: lo stronzo voleva farti saltare in aria, invece si è ammazzato da solo.»

«Non era lui.»

«Cosa dici?»

Ho la gola secca per via del fumo e gli occhi che lacrimano.

«Non era Hurricane quello che è saltato in aria: la voce era diversa.»

Chrestos aggrotta la fronte e si volta per osservare: dell'uomo con il pacchetto rimangono solo dei miseri resti sul marciapiede. Una chiazza nera e moltissimo sangue. Gli arti inferiori martoriati mentre il resto del corpo è come se si fosse disintegrato in mille pezzi.

L'esplosione lo ha spazzato via proiettando i brandelli a diversi metri di distanza.

Anche la Rivolta e gli altri si sono rimessi in piedi e si avvicinano incuriositi al punto in cui è esplosa la bomba.

Non sembrano preoccupati, anzi, paiono addirittura sollevati. E a esplicitare questo sentimento è Mascaranti.

«Si è fatto fuori da solo!» dice. «Hurricane non c'è più!»

Tutti i poliziotti paiono elettrizzati: il nemico pubblico numero uno è fuori dai giochi, finalmente. L'uomo che li aveva tenuti in scacco, ingannati, minacciati.

Carla mi si avvicina e mi carezza il viso coi guanti di pelle nera.

«Stai bene?»

Annuisco senza rispondere. Apprezzo il suo gesto di tenerezza nei miei confronti ma non so come spiegarle che Hurricane è ancora vivo e credendolo morto stiamo facendo esattamente il suo gioco, come sempre.

Lei mi sorride.

«Ora troveremo anche Andrea.»

Il Danese si allontana di qualche passo mentre intorno a noi regna la confusione più completa.

Dalle finestre dei palazzi intorno si sono già affacciate decine di persone, altre si sono riversate in strada e da ogni parte arriva il grido delle sirene delle volanti della polizia in avvicinamento. I soliti curiosi, muniti di cellulare, hanno già iniziato a scattare foto e a filmare la scena. Mascaranti e Sciacchitano si mettono a spintonare per tenerli lontani e transennare la zona in attesa della Scientifica. Anche Carla va ad aiutarli mentre io, come un automa, estraggo il mio fedele smartphone made in Pechino e comincio a darmi da fare: tempo due minuti e quello che è avvenuto sarà presto l'argomento più discusso sui social. Devo assolutamente approfittarne per *MilanoNera*. Inizio una diretta video in cui racconto che un uomo si è fatto saltare in aria davanti a Villa Mozart. Evito per ora di svelarne l'identità anche perché la ignoro. La polizia pensa che sia il vero Hurricane ma io sono sempre più convinto che si sbaglino.

Ne ho la certezza una decina di minuti dopo quando uno dei poliziotti arrivati con le volanti per delimitare la zona si sbraccia per indicare che ha trovato qualcosa.

Sciacchitano lo raggiunge per controllare. Si trovano all'interno del giardino della villa, qualcosa è stato proiettato fin lì.

«Cos'è?» chiede Carla avvicinandosi.

«Sembra plastica» risponde il sovrintendente. Non lo toccano per evitare di contaminare la scena.

La poliziotta si piega per vedere meglio, poi scuote la testa.

«Oh mio Dio: ma è una maschera!»

«Tipo quelle di carnevale?»

«Esatto. Probabilmente la indossava l'uomo che è saltato in aria!»

Io e il Danese abbiamo assistito alla scena rimanendo a debita distanza e ora lui abbozza un mezzo sorriso. Conosco quell'espressione beffarda e un poco mi inquieta vista la situazione assurda in cui ci troviamo.

«Che hai da gongolare?»

«Finalmente abbiamo un vantaggio.»

«Cosa vuoi dire?»

«Che l'uomo morto portava una maschera alla Diabolik, in lattice.»

«Lo so. E con questo?»

«Ragiona un momento, Enrico: la maschera raffigurava il *vecchio* volto di Hurricane...»

S'interrompe volutamente per darmi tempo di rifletterci sopra.

«Ma certo! La maschera era del suo precedente volto perché lui non sa che...»

«... che abbiamo i filmati dell'Hotel Sacher e che sappiamo della sua nuova faccia!»

«Hai ragione: finalmente abbiamo un vantaggio!»

«Esatto, Enrico. Però devi cambiare strategia.»

«In che senso? Lui ha Andrea e ora, dopo quello che è successo, forse non la rivedrò più perché la ucciderà.»

«La devi smettere di ragionare così, altrimenti non finirà mai questo gioco al massacro. Devi ficcarti in testa che lui non vuole soltanto ucciderti, vuole farti soffrire e, per riuscirci, continuerà a tenderti trappole e a torturare e mutilare quella povera ragazza.»

«Quindi cosa suggerisci?»

«Evita di rispondere alle sue chiamate, non visualizzare i suoi messaggi e lascia che la polizia indaghi e lo trovi. Ha già giocato troppe volte con noi e ha sempre vinto: a Salisburgo, a Vienna e ora qui a Milano dove avrà costretto quel poveraccio a indossare la maschera e a presentarsi al posto suo con una bomba che dubito sapesse di trasportare... Non finirà mai finché non otterrà quello che vuole: la tua morte. Quante volte ancora deve farlo prima che tu comprenda?»

Sospiro. Il Danese ha ragione ma non posso abbandonare Andrea al suo destino.

«Non ce la faccio» sussurro mentre in uno stridore di freni arriva Sebastiani con il suo suv.

Il vicequestore scende di corsa e viene subito a sincerarsi che io stia bene.

«Sei tutto intero?»

Sono le uniche parole che riesce a pronunciare prima che io gli salti addosso.

«Mi hai mentito!» grido afferrandolo per il collo. «E ora lui ammazzerà Andrea!»

Loris cerca di difendersi ma lo travolgo e finiamo a terra.

«Ma cosa dici?» chiede mentre tenta di divincolarsi. «Hurricane è morto!»

Mascaranti arriva di corsa e mi solleva di peso, pronto a rompermi le ossa al minimo segno di assenso da parte del suo capo. Il Danese se ne sta in disparte e si gode la scena senza muovere un dito.

Sebastiani si rimette in piedi e si toglie con pazienza la polvere dal cappotto. Miracolosamente ha ancora il sigaro fra i denti che gira vorticosamente. Mantiene la calma perché sa di avermi preso in giro, di avermi usato per i suoi scopi, di avermi mandato allo sbaraglio e che sono pure vivo per miracolo.

«Quello che è saltato in aria indossava una maschera» grido mentre l'ispettore fatica a tenermi. «Non era Hurricane ma uno mandato per tendermi una trappola.»

«D'accordo, ora però calmati.»

«Invece non mi calmo! Mi hai fregato!»

Il sigaro scivola veloce da un'estremità all'altra della bocca.

«Era necessario, Enrico.»

«No!»

«Sì, invece. Devi sforzarti di guardare in faccia la realtà: probabilmente Andrea è già morta e questa era un'occasione d'oro per catturare Hurricane. Ho ricevuto pressioni fortissime dal questore...»

«Bastardo, mi hai usato come una pedina!»

«Io non ti ho...»

Sebastiani s'interrompe. Improvvisamente appare pallido e fatica a parlare.

«Io non...» riprende ma non riesce a terminare la frase nemmeno stavolta.

Il pallore è aumentato, il sigaro gli scivola dalle labbra e cade sul marciapiede.

«Cos'hai? Non ti senti bene?»

Tutto succede in un attimo: Mascaranti mi libera e cerca di afferrarlo ma il vicequestore è già crollato a terra. È cianotico e in preda alle convulsioni e io ho un terribile presentimento.

«Chiamate un'ambulanza, presto!» grido piegandomi per soccorrerlo.

«Resta con noi, Loris. Sei uno stronzo ma non voglio che tu muoia, ok?»

Il mio amico, però, non reagisce più.

Volevano fregarmi, ma li ho fregati io!

È questo che pensa Hurricane mentre col cellulare riprende la scena del vicequestore Loris Sebastiani che viene caricato in ambulanza. Porta un berretto calato sulla fronte, finti occhiali da miope e una barba nera e folta stile mangiafuoco che lo rende irriconoscibile.

Non si sarebbe perso quel momento per niente al mondo. Peccato che, una volta di più, Radeschi sia stato tanto fortunato da scamparla!

Eppure aveva considerato tutto: aveva pagato un disperato per indossare la maschera e consegnare il pacco. Gli aveva raccontato che si trattava di uno scherzo e i cento euro che gli aveva passato avevano fugato ogni dubbio. Naturalmente l'ignaro messaggero non sapeva cosa contenesse il pacco, una bomba attivata a tempo e pronta a esplodere quando sarebbe passata di mano, però non era andata come previsto. Il giornalista gli aveva disubbidito, si era portato il suo amico greco e aveva avvertito gli sbirri. O magari non era andata così a giudicare da come se l'era presa con il vicequestore appena se l'era trovato di fronte...

Non contava più: Sebastiani sarebbe morto, così come Andrea e, alla fine, avrebbero fatto la stessa fine anche il Danese e Radeschi. Aveva aspettato più di dieci anni per la sua vendetta; poteva sicuramente pazientare ancora qualche giorno.

Forse è meglio così, pensa mentre gli scappa un mezzo sorriso. Perché soffrirà ancora un po'.

Scatta qualche altra fotografia inquadrando la faccia preoccupata del giornalista mentre l'ambulanza parte a sirene spiegate per trasportare Sebastiani in ospedale, in condizioni disperate.

41

Loris non è morto.

«Non ancora» sussurrano affranti i poliziotti nei corridoi del Fatebenefratelli. Le sue condizioni sono critiche e in rapido peggioramento; i medici non ci capiscono nulla e anch'io sono incredulo. Oltre che amareggiato e stupito. Nel giro di pochi minuti sono successe troppe cose sconvolgenti: c'era una bomba che doveva uccidermi e, invece, a rimetterci le penne sarà il mio amico sbirro.

Non ci capisco più niente, non colgo altro se non l'identità della mente malata che ha progettato tutto questo: Hurricane.

Come c'è riuscito? E cosa diavolo sta uccidendo Sebastiani?

È quasi un'ora che me lo domando ossessivamente. Quando l'hanno portato via in ambulanza sono passato da casa, che stava praticamente dietro l'angolo rispetto a dove è avvenuta l'esplosione, per recuperare lo zaino col laptop. Poi sono saltato in sella al Giallone per precipitarmi qui all'ospedale, che si trova attaccato alla questura. Il corridoio è pieno di sbirri in attesa di notizie sulle condizioni di salute del vicequestore.

Tutta la squadra è in ansia: Sciacchitano, Mascaranti e la Rivolta. È lei che mi viene incontro e mi abbraccia appena mi vede.

«Pare sia stato avvelenato» sussurra.

«Con cosa?»

«Non si sa ancora.»

«Qualcosa ti avranno pur detto.»

«Be', sì. Sembra che l'agente tossico che lo sta uccidendo sia un organofosfato.»

«Sarebbe?»

«Cerca sul web, no?»

Non me lo faccio ripetere, afferro lo smartphone e dopo un attimo abbiamo la risposta: *Gli organofosfati sono alla base di molti insetticidi, erbicidi, e gas nervini. Largamente utilizzati come solventi, plastificanti e additivi.*

«E non lo possono curare?» chiedo dopo averle mostrato la descrizione.

«Sì, ma devono sapere di quale organofosfato si tratta. Ce ne sono centinaia e non possono trattarlo per tutti, ne esistono troppi in natura...»

«Quindi cosa possiamo fare per aiutarli?»

Carla si stringe nelle spalle, si allontana e va a confortare Mascaranti e Sciacchitano che hanno l'espressione di chi è appena tornato da un funerale.

Decido di ingannare l'attesa accendendo il computer. Per fortuna c'è la wi-fi così non devo usare il telefono per navigare. Vorrei aggiornare *MilanoNera* su quanto successo a Villa Mozart ma appena mi collego in rete trovo una email che Sebastiani mi ha inviato due ore fa, dall'ufficio.

Da uomo poco tecnologico qual è scrive tutto nell'oggetto: «I filmati di piazza Duomo che volevi.»

La email contiene un link che mi permette di scaricare una ventina di video. Sono le riprese delle telecamere della piazza fra le due e le due e venti di ieri pomeriggio, orario in cui Hurricane mi aveva telefonato per darmi appuntamento a Villa Mozart.

Inizio a visionarli senza grandi aspettative: in fondo si tratta di cercare il classico ago nel pagliaio. E infatti non trovo nulla; non c'è traccia di lui. Ci sono molti uomini con berretto di lana, occhiali scuri, sciarpe. Potrebbe essere uno qualunque di loro.

A un certo punto però noto un particolare: una delle telecamere inquadra, tra le altre cose, l'insegna di un negozio che mi ricorda qualcosa che non riesco a focalizzare.

Provo a concentrarmi: niente, tabula rasa.

Mi salva da quello stillicidio di neuroni il ronzio del cellulare che vibra: è il Danese.

«Come va?» domanda.

«Male. Non capiscono con cosa sia stato avvelenato.»

«Mi spiace. Tu stai bene?»

«Non lo so. Non ci penso. Cerco di distrarmi visionando i filmati di piazza Duomo nella flebile speranza che una telecamera abbia ripreso Hurricane mentre mi telefonava...»

«Auguri.»

«Infatti non lo trovo...»

«Non scoraggiarti; ricorda che il ninja sa che l'invisibilità è una questione di pazienza e di agilità.»

«E questa perla dove l'hai pescata? È di un qualche maestro giapponese?»

«Macché, la dice Batman in *Batman Begins*.»

«Cosa potevo aspettarmi da un erudito come te se non...»

Mi interrompo perché finalmente mi sono ricordato perché quell'insegna mi suonava familiare!

«Se non?» chiede il Danese.

«Niente. Forse mi hai dato un'idea che però devo confermare.»

«E che idea sarebbe?»

«Solo perché non lo vediamo non significa che non esista, giusto?»

«Non lo so, mi sembra una cazzata.»

«Invece è perfettamente in linea col modo di pensare di Hurricane: niente è come sembra! Tu pensa che Shirley

Temple aveva i capelli neri e lisci e sua madre passava ore ogni mattina a farle i boccoli biondi.»

«E chi cazzo è Shirley Temple?»

«Lascia perdere. Ora devo andare.»

Chiudo la telefonata, infilo il laptop nello zaino e faccio segno a quel bestione di Mascaranti di avvicinarsi.

«Che vuoi?» chiede scontroso come al solito.

«Devi accompagnarmi in un posto. Forse ho capito cosa sta uccidendo il tuo capo ma per saperlo con certezza mi serve una conferma e con un distintivo e il tuo muso minaccioso tutto sarà più facile e veloce.»

Tanto basta per convincerlo. Non si offende nemmeno per le parole che ho usato, annuisce e mi segue fuori dall'ospedale senza aggiungere altro.

Piazza Duomo è stranamente deserta. Sono quasi le tre del pomeriggio e il mio stomaco brontola perché non mangio da ieri. Solo quantità industriali di caffè. Il freddo è intenso e, per fortuna, siamo venuti con la volante dell'ispettore Mascaranti anziché col Giallone. L'abbiamo però lasciata fuori dalla zona pedonale perché volevo avvicinarmi osservando le varie telecamere, per capire come abbia fatto Hurricane a evitare di farsi riprendere.

Il posto che cerchiamo è situato all'estremità opposta rispetto alla famosa cattedrale gotica, accanto a una banca e proprio di fronte alle palme che ornano quel lato della piazza. Quando ci fermiamo davanti a noi c'è una vetrina elegante dallo stile un po' *rétro* sormontata da un'insegna rossa che recita semplicemente ODETTE. In piccolo sulla vetrina spicca la scritta: SARTORIA SU MISURA PER UOMO. Peccato che nel video non si vedesse, altrimenti avrei sciolto i miei dubbi anche senza le chiacchiere del Danese.

«Che ci facciamo qui?» grugnisce Mascaranti.

«Qui è dove Sebastiani viene a farsi i vestiti su misura!»

«E allora?»

«Il vestito, ispettore: oggi il tuo superiore ne indossava uno nuovo...»

«Questo cosa...»

«Basta con le domande!» lo zittisco. «Adesso entriamo e capirai tutto. Solo una raccomandazione, anzi due: mostra il distintivo e fai la faccia cattiva.»

«Nient'altro?»

«Sì, lascia parlare me.»

Così dicendo afferro la maniglia ed entro nel negozio.

Ad accoglierci c'è un commesso sorridente.

«Buonasera signori, avete un appuntamento?»

Mascaranti mostra il distintivo e grugnisce una sola parola: «Polizia.»

«Oh, capisco. In cosa posso aiutarvi?»

«È lei il proprietario?» chiedo.

«No, è la signora Odette ma è uscita per una commissione, se volete...»

«Conosce un certo Loris Sebastiani?»

«Ma certo! È un nostro affezionato cliente. Pensate che proprio stamattina è passato a ritirare un abito.»

«Lo sappiamo... Come ha detto di chiamarsi?»

«Aldo, mi chiamo Aldo.»

«Bene, Aldo. Ora fai attenzione a quello che ti chiederò e rispondimi sinceramente.»

Sono passato al tu mentre Mascaranti continua a fissarlo come se gli volesse strappare le braccia e le gambe.

«Mi dica, prego» risponde inquieto il commesso.

«Qualcuno ieri ti ha chiesto di vedere il vestito di Sebastiani?»

«In che senso?»

«Quello che ho detto. Vederlo, toccarlo, provarlo.»

Aldo abbassa per un istante lo sguardo.

«Ma certo che no! Non possiamo...»

«Non fare lo stronzo» gli sussurra Mascaranti afferrando il bavero della giacca del tizio che immediatamente sbianca e comincia a tremare.

«Ora che mi ci fate pensare in effetti, sì: qualcuno c'è stato.»

Faccio segno all'ispettore di lasciarlo andare e lui ubbidisce a malincuore.

«Allora chi è che l'ha voluto vedere?»

«Non lo so. Non l'avevo mai visto prima. È entrato ieri pomeriggio circa a quest'ora proprio mentre la signora era uscita.»

«Vai avanti» lo esorto.

«Mi ha mostrato una fotografia del dottor Sebastiani sul cellulare e mi ha detto che erano vecchi amici. Voleva che gli mostrassi il vestito che ci aveva commissionato perché anche lui voleva farsene fare uno uguale.»

«E tu gli hai creduto?»

«Ovviamente no!»

«Allora come ti ha convinto: ti ha minacciato? Picchiato?»

Aldo sospira, scuotendo la testa.

«Ho capito» riprendo. «Ti ha pagato.»

«Duecento euro per vedere e toccare il vestito per pochi attimi. Voi cosa avreste fatto?»

Mascaranti lo vorrebbe appendere al muro ma io gli faccio segno di stare tranquillo.

«Quindi gli hai mostrato l'abito di Sebastiani?»

«Sì, di là nella sala prove. Era appeso al modello. Io mi sono allontanato non più di un paio di minuti. Tutto qui.»

«Lo arrestiamo?» chiede Mascaranti scalpitante.

«No, andiamocene. Ho ottenuto l'informazione che desideravo.»

A malincuore l'ispettore mi segue fuori dalla bottega mentre io mi attacco al telefono per chiamare la Rivolta.

«Pronto, Enrico?»

«Come sta?»

«Peggiora.»

«Forse ho capito cosa lo sta avvelenando.»

«Ti ascolto.»

«Dove hanno messo il vestito che indossava oggi?»

«Cosa?»

«Il suo abito. Gliel'avranno tolto, no?»

«Be', sì. È nell'armadio della camera che gli hanno assegnato. Però non capisco cosa...»

«Fallo analizzare. È quello a essere stato contaminato dal veleno.»

«È stato Hurricane?»

«Sì. Ora però vai, dillo ai dottori. Se capiscono di che sostanza si tratta sapranno come curarlo!»

42

Il sovrintendente Sciacchitano spinge la porta per entrare nell'edificio e appare piuttosto imbarazzato. È il più alto in grado ma non è abituato a gestire indagini così importanti. Per fortuna lo accompagna l'agente Carla Rivolta che, invece, sembra sapere esattamente come muoversi lì al Labanof, acronimo di laboratorio di antropologia e odontologia forense.

Percorrono i lunghi corridoi senza parlare fino a raggiungere l'ambulatorio in cui li attende il medico legale.

La mole massiccia del dottor Ambrosio li accoglie in una stanzetta gelida dove al centro, su un tavolo di metallo, sono raccolte le spoglie della vittima della bomba di via Mozart. Più che altro quello che ne resta: le gambe, parte del tronco, una mano a cui mancano tre dita, brandelli di braccia, la testa. Uno spettacolo davvero rivoltante per chi è troppo sensibile come il sovrintendente, che è costretto a distogliere lo sguardo e a lottare col proprio stomaco per non vomitare. Per fortuna è mattina e l'unica cosa che ha in corpo è un caffè.

«Buongiorno, dottore» lo saluta la Rivolta.

«Buongiorno a voi. Una volta tanto posso dirvi la causa della morte ancora prima di effettuare l'autopsia: il tizio è morto dilaniato da un'esplosione.»

Carla abbozza un sorriso di circostanza.

«Volete sapere altro?»

«Vorremmo identificarlo» risponde la poliziotta ignorando il tono sarcastico. «Può aiutarci in qualche modo?»

Il testone del dottore si mette a ciondolare alternativamente a destra e sinistra.

«Direi di sì, agente. Appena è arrivato gli ho fatto un calco dentale e anche preso l'impronta dell'indice della mano superstite, se così posso dire...»

«Ed è venuto fuori qualcosa?»

«Guardi lei stessa» risponde il medico porgendole un foglio che teneva in una cartelletta azzurra.

«Tommaso Iandolo: come c'è riuscito così in fretta?»

Ambrosio si stringe nelle spalle.

«Il nostro amico aveva dei precedenti. Tre volte a San Vittore per reati di droga. C'è scritto tutto nella scheda, comunque.»

Gli occhi di Carla scorrono veloci le righe stampate.

«Consumo e spaccio di stupefacenti» legge. «Da quello che capisco Iandolo era un drogato che per pagarsi le dosi spacciava...»

«E che, a quanto pare, portava in giro ordigni per conto terzi» conclude il medico. «Se non avete altro da chiedermi io sarei molto impegnato.»

«Nient'altro. Grazie, dottore.»

«Bene, allora ditemi: come sta il vicequestore Sebastiani? Ho sentito che è stato avvelenato.»

«Sì. Per fortuna i medici hanno scoperto cosa lo sta uccidendo...»

«Ah sì? E che cosa? Sapete, curiosità professionale...»

«Si chiama Fosdrin. Gli avevano contaminato i vestiti...»

«Ma certo, il Fosdrin! È un agente inquinante utilizzato anche per gli insetticidi che compri nei negozi senza grosse difficoltà. Può causare dolori addominali, sudorazione, nausea, vomito, agitazione, bradicardia e persino coma...»

«Grazie per la diagnosi.»

«Prego. Sapete, sono felice che stia meglio, il vostro capo: non mi sarebbe piaciuto averlo come cliente, se capite cosa intendo.»

Sciacchitano e la Rivolta si scambiano un'occhiata perplessa prima di uscire dalla stanza e tornare a immergersi nell'aria gelida e nebbiosa di Milano.

43

La notte scorsa non ho quasi chiuso occhio, così ne ho approfittato per rimettermi in pari col lavoro.

Ho scritto tre pezzi per *MilanoNera*: uno di ripresa sull'esplosione di via Mozart, uno sull'avvelenamento del vicequestore Loris Sebastiani e un terzo, il più scarno visto che di novità rilevanti non ce ne sono, sulla rapina di via Monte Rosa.

Sono crollato poco dopo le tre del mattino ma alle sette ero nuovamente davanti al computer per controllare le statistiche. Il pezzo sull'uomo saltato in aria sta battendo tutti i record di visualizzazione del sito. Mi stupisco sempre di come questo voyeurismo noir porti decine di migliaia di persone a cliccare per vedere foto e leggere dettagli macabri. Fa parte del mio mestiere ma continua a sbalordirmi. Non sarò comunque io il moralizzatore di queste persone, almeno finché leggono i miei articoli!

Quello che è certo è che mi sto facendo troppe paranoie, forse perché questa casa con vista sul parco di Palestro è troppo vuota e silenziosa senza Andrea e il piccolo Rimbaud. Vorrei averlo qui, addormentato sulle mie ginocchia, ma in questo momento, con quello che sta succedendo con Hurricane, non è il caso di andare a riprenderselo. Lo farò quando questa follia sarà finita, vale a dire quando Andrea sarà tornata a casa. Dio, se mi manca!

Non riesco a darmi pace. Mi manca il suo sorriso, la sua allegria nei piccoli gesti di ogni giorno, il suo entusiasmo nello scrivere un articolo, i suoi silenzi mentre bevevamo il caffè dopo aver discusso su quale notizia pubblicare su *MilanoNera* o quando rimanevamo abbracciati dopo aver fatto l'amore...

Cerco di non pensarci controllando la posta elettronica e i messaggi sul cellulare; per fortuna dall'ospedale Fatebenefratelli arrivano notizie confortanti; Mascaranti ha vegliato Sebastiani tutta la notte, come un mastino da guardia col padrone, e mi ha tenuto aggiornato sui suoi miglioramenti: abbiamo instaurato una specie di legame dopo la nostra sortita da Odette e, ad ascoltarci quando ci parliamo al telefono, sembriamo due vecchi amici.

Le condizioni di Loris stanno migliorando di ora in ora ma ancora non può essere considerato fuori pericolo.

Per pranzo mi accontento di un piatto di spaghetti aglio, olio e peperoncino. Esagero con tutti gli ingredienti tanto non ho in programma di vedere nessuno nelle prossime ore. Il Danese, dopo la mattanza di ieri mattina, si è eclissato. Me lo immagino ospite di una delle stanze riservate del vodka bar in compagnia di una squillo e di una scorta di marijuana sufficiente per un esercito. Lui le preoccupazioni le cancella così. Io non ci riesco.

Trascorro il pomeriggio a ciondolare per il grande salone, che poi sarebbe la redazione di *MilanoNera*, fumando almeno una decina di arrotolate di Amsterdamer, incapace di concentrarmi su un nuovo articolo o sulla caccia ad Hurricane.

Se Sebastiani muore sarà per colpa mia. Lo stesso per Andrea. Nell'aria avverto ancora il suo profumo e in gola ho un groppo che non si vuole sciogliere.

L'incertezza è la più terribile delle torture psicologiche e il mio nemico lo sa bene: tenermi a bagnomaria senza sapere se lei è viva o morta o se Loris si salverà mi sta facendo impazzire. Vuole che affondi nella paranoia, per questo non si è fatto più sentire, non mi ha scritto messaggi né inviato filmati.

Pensa davvero che non abbiamo capito che l'uomo con la maschera indosso non era lui?

Certo che no, ovviamente. Vuole solo tenermi sulla corda o magari aspetta di sapere se Sebastiani vivrà o morirà.

Quando ormai è sera, mi arriva una chiamata di Carla.

«Immagino ti faccia piacere sapere che i medici hanno sciolto la prognosi: Sebastiani se la caverà, si sta già riprendendo e fra un paio di giorni lo dimetteranno.»

«Che bella notizia!»

«Ha la pelle dura il vicequestore. Pensa che ha già spedito Mascaranti a procurargli dei sigari da tormentare fra le labbra.»

Scoppiamo entrambi a ridere e, finalmente, molta della tensione accumulata nelle ultime ore si scioglie tanto da far riaffiorare con prepotenza il mio animo di cronista di nera.

«Avete scoperto qualcosa d'interessante sul tizio che è saltato in aria ieri?»

«Ci hai messo poco a riaverti, vedo.»

«L'istinto prevale sulla coscienza.»

«O sull'incoscienza...»

«Avete qualcosa o no?»

«Forse.»

«Non lo scriverò, tranquilla.»

«Ho la tua parola?»

«Ti ho mai mentito?»

Dall'altra parte avverto un silenzio imbarazzante. I nostri trascorsi amorosi non aiutano certo.

«D'accordo» sospiro. «Uscita infelice. Hai la mia parola che non pubblicherò nulla di quello che mi dirai.»

«Bene allora. Siamo risaliti alla sua identità, si chiamava Tommaso Iandolo. Tommy per quelli del suo giro.»

«Che genere di giro?»

«Cocaina. Iandolo era un tossico con vari precedenti. Spacciava per pagarsi la droga.»

«Sai già dove andava a rifornirsi? Scommetto che Hurricane l'ha allacciato lì...»

«Dall'antidroga mi dicono di averlo pizzicato varie volte dalle parti del Residence.»

«Cos'è? Un posto per padri divorziati?»

«Spiritoso. È una sorta di cittadella della droga in zona via Padova. Davvero non lo conosci?»

«No.»

«Be', allora è meglio che tu ti faccia spiegare i dettagli da uno che se ne intende di questi giri. Uno bravo.»

«D'accordo. Grazie per la chiamata.»

Sto per riattaccare ma la poliziotta deve dirmi ancora qualcosa.

«Ehi...»

«Cosa?»

«Sei stato in gamba, davvero. Grazie alla tua intuizione i medici hanno salvato la vita di Sebastiani.»

«Lo dici perché pensi che mi meriti un premio?»

«Ci sto pensando» risponde ammiccante. «Ti piacerebbe riceverlo?»

Sto per rispondere quando mi ritorna il groppo in gola e mi sento un verme all'istante.

Riattacco senza aggiungere altro: non posso flirtare così spudoratamente con la Rivolta mentre Andrea è nelle mani di uno psicopatico per colpa mia.

Che cosa diavolo mi prende?

Mi lascio cadere sul divano tenendomi la testa fra le mani. Cerco di controllare il respiro che è diventato affannoso. Devo rilassarmi e concentrarmi su come ritrovare Andrea sana e salva.

Controllo l'ora; le sei di sabato sera e finalmente ho il primo pensiero di senso compiuto della giornata e lo devo a Carla: mi sono appena reso conto di sapere esattamente dove trovare quello *bravo*.

Giungo in via Adelchi in sella al Giallone mezzo assiderato. Per fortuna il locale mi accoglie pieno di calore, di voci, legno e bicchieri che tintinnano. L'atmosfera è la solita e io mi sento già meglio fra le luci basse, la musica rock e le birre artigianali dai nomi meneghini doc.

Ne berrò un paio ma non sono venuto per l'alcol; il Birrificio di Lambrate è anche il quartier generale di una mia vecchia conoscenza: Antonio Sciamanna, il mio uomo dei bassifondi.

Questo posto per lui rappresenta una sorta di ufficio in cui riceve amici, clienti, scocciatori. Non necessariamente in questo ordine. Io rientro quasi certamente nella terza categoria, così sono costretto a compensare la mia innata simpatia con qualche banconota da cinquanta per fargli sputare le informazioni di cui necessito.

Ci metto un po' a scovarlo perché il posto è davvero imballato di gente. Alla fine lo vedo in piedi, appoggiato alla parete vicino al bagno. Non ha trovato nemmeno uno sgabello libero e si guarda intorno come un rapace. È alto e ben piazzato, pancia sporgente, occhialini dalle lenti fumé, capelli neri e basette alla Elvis.

Mi nota subito, come un'aquila che deve avventarsi sull'ignara preda.

«Come va?» lo saluto stringendogli la mano.

«Ogni volta che succede un disastro ti materializzi davanti a me. Non lo trovi strano?»

«Non lo so, Antonio. Quello che trovo strano è che tu sia senza birra. Posso offrirti una *Ligera*?»

«Sì, però fatti dare il bicchiere di plastica così andiamo fuori; qui c'è troppo casino.»

Annuisco e mi dirigo verso il bancone.

Quando esco con le due birre in mano – per me ho preso una *Domm* – lo ritrovo seduto sulla sella del Giallone.

«Questo catorcio cammina ancora?»

«Altroché» rispondo porgendogli il bicchiere. «Solo che ti congeli i cosiddetti in questa stagione.»

Lui prende un lungo sorso di birra.

«Cosa ti serve?» chiede poi.

Non abbiamo mai avuto un gran dialogo noi due; inutile fingersi vecchi amici quando è chiaro che io sono lì per chiedergli qualcosa e lui per dirmelo, non prima di aver incassato la sua parcella.

«Voglio che mi racconti tutto quello che sai sul Residence.»

Per risultare più convincente gli passo tre banconote da venti euro.

«Il Residence?» chiede fingendo di non capire. «Non hai più quell'appartamento in subaffitto a Palestro?»

«Non è in subaffitto» ribatto rifilandogli altri dieci euro. «E tu sai benissimo a cosa mi riferisco.»

Sciamanna solleva un sopracciglio.

«Senti, Antonio: è tutto quello che ho e poi sto schiattando dal freddo. Settanta euro sono una bella cifra per me, avanti: dimmi quello che sai.»

Devo essere stato abbastanza convincente visto che il mio confidente si mette a raccontare vita, morte e miracoli di quel luogo.

Il Residence è un palazzo occupato in via Cavezzali.

«Non occupato dagli antagonisti o simili ma dalla malavita» mi spiega. «Una costruzione di edilizia popolare alta una decina di piani con al suo interno almeno una settantina di appartamenti abusivi. Lo chiamano anche "il fortino della droga" perché lì si spaccia ogni tipo di sostanza illegale.»

«Ci stanno i pusher?»

«Non solo: anche i loro capi. I piani alti sono riservati a

loro, sorvegliati da guardie armate. Sembra di essere a Medellin anziché a Milano.»

«Non ci credo.»

«Chiedi in questura se non ti fidi: lì gli sbirri non ci mettono piede, troppo pericoloso.»

«Cosa c'è all'interno del palazzo?»

«E chi lo sa?»

«Tu lo sai...»

«Si dice che ci siano prostitute e vari disperati in affitto in nero. Disperati che possono pagare altrimenti li buttano fuori senza tanti complimenti.»

Quest'ultima frase mi fa riflettere ed è come se una serie di lampadine mi si accendessero nel cervello...

«Ci si potrebbe anche tenere un ostaggio?»

Sciamanna si stringe nelle spalle.

«Perché no? Quella è terra di frontiera. Nessuno ci entra e ci esce senza permesso. Specialmente la madama.»

«Quindi anche un latitante?»

Abbozza un sorriso.

«Certo, purché si possa permettere le loro tariffe. Pensi a Hurricane, vero?»

«Potrebbe nascondersi lì con un ostaggio?»

«Difficile ma non impossibile.»

«Come faccio a capire se sta davvero lì?»

«Non puoi perché se anche solo ti avvicini ti sparano. Ci sono guardie all'esterno e all'interno. Per questo lo chiamano fortino. Uno come te, poi, lo riconoscerebbero subito.»

«Uno come me sì, però conosco qualcuno che sarebbe in grado di intrufolarsi in quel milieu senza dare nell'occhio...»

«E chi sarebbe questo fenomeno?»

Il cellulare vibra e istintivamente controllo chi sia a inviarmi un messaggio.

Non dovrei sorprendermi visto quello che è successo ieri ma ogni volta che Hurricane mi contatta attraverso il cellulare di Andrea il mio cuore perde un battito.

Il messaggio è accompagnato da una foto della mia fidanzata che tiene in mano una copia del *Corriere* di oggi in cui si parla della bomba in via Mozart.

«Lei è viva ma lo rimarrà ancora per poco visto lo scherzo che mi avete preparato ieri. Per fortuna mi sono vendicato col tuo amico sbirro che ora morirà lentamente. Dopodiché toccherà a te e al tuo lacchè greco. Presto ti arriveranno mie istruzioni.»

«Cosa ti succede?» mi chiede Sciamanna. «Sei sbiancato...»

«Niente, devo andare. Grazie per le dritte.»

Lui scende dal Giallone senza protestare e mi osserva mentre metto in moto e parto.

Hurricane non la smette di giocare con me. Certo, ancora non sa che Sebastiani è fuori pericolo ma presto lo scoprirà e allora elaborerà un altro modo per tendermi una trappola e uccidermi. Solo che la prossima volta non andrà così perché stavolta sarò io ad anticiparlo, e ho già in mente come.

«Scordatelo!» sbotta il Danese accompagnando la frase con un'espressione arcigna. «Non uscirò mai vestito così.»

Non sempre le mie idee vengono accolte come desidererei.

«Avanti, ti staranno benissimo.»

«Non se ne parla proprio!»

Mi sono presentato a casa sua con un abito elegante grigio, una camicia bianca e una cravatta dai colori sgargianti. Roba che ho recuperato nell'armadio di Fuster dopo essere andato via dal Birrificio.

«Pensaci un attimo» cerco di farlo ragionare. «Con questi indosso sarai insospettabile. Sembrerai un impiegato come ce ne sono mille a Milano in cerca di sballo.»

Lui scuote la testa.

«Perché non posso andarci vestito come al solito?»

«Se, come credo, Hurricane sorveglia la zona ti riconoscerebbe subito. Con questi indosso e un paio di occhiali da sole invece...»

«Ho capito. Dammi qua. Magari non mi stanno neanche...»

Mi strappa la borsa con gli abiti e inizia a provarseli davanti a me. Noto per un secondo Iris correre sulla sua pelle mentre s'infila la camicia.

«Ripetimi cosa dovrei fare» mi esorta infilandosi i pantaloni.

«Oh, è semplice. Arrivi in taxi, compri la *bamba* e intanto dai un'occhiata in giro. Facile e pulito; poi te ne vai come sei arrivato. Nascosta addosso avrai questa microtelecamera che permetterà anche a me di vedere in diretta ciò che succede. Ha dentro una sim e si collega a internet in 4G.»

«Come sto?»

L'abito gli va a pennello.

«Se ti pettini come si deve sembri davvero una persona normale.»

Si osserva nello specchio lurido del bagno.

«Niente da dire: sono un gran bell'uomo...»

«Va bene, bell'uomo. Allora siamo d'accordo su tutto?»

«Non su tutto.»

«Cosa vuoi dire?»

«Non prenderò un taxi. Ci vado in auto.»

«Ma tu non hai un...»

Il Danese sorride sornione.

«Questo lo credi tu. Dammi il tempo di rimettermi i miei vestiti e ti faccio vedere.»

«Parli della Triumph?»

«Di quella e di altri giocattoli. Li tengo tutti in garage.»

«Tu non hai un...»

«E tu mi sembri un disco rotto! Anche se è più un capannone, ecco.»

Finisce di cambiarsi e senza ulteriori indugi usciamo.

Lo seguo in silenzio perché so che non mi dirà altro finché non saremo giunti a destinazione.

Per fortuna la nostra meta non è lontana: un capannone industriale in via Valtellina.

Per accedere bisogna digitare un codice che senza volere sbircio e trovo di una semplicità imbarazzante: 1111.

Il portone inizia ad aprirsi lentamente.

«Tutto questo è dei tuoi amichetti russi, giusto?»

«Mi sembra ovvio, no? Dove potrei tenere le auto e il resto della roba pignorata cautelativamente, altrimenti?»

Entriamo e veniamo avvolti dalle tenebre. Quando il portone si richiude alle nostre spalle il Danese aziona l'interruttore generale e il capannone s'illumina come un luna park. E lo ricorda, anche se, invece delle giostre, al suo interno ci sono le auto che fanno divertire noi adulti. Automobili di lusso: Porsche, Mercedes, Bmw, perfino una Lamborghini e una Ferrari.

«Incredibile.»

«Bello, vero?»

M'incammino in quel bengodi di motori che conta decine d'esemplari. Oltre alle supercar ci sono anche motociclette e auto di alta fascia tra cui spicca una Tesla nera Model 3, un gioiellino da almeno sessantamila euro.

«E questa?» chiedo. «Come avete fatto a portarla qui? Non ha le chiavi.»

Il Danese sorride, si avvicina a una parete dove c'è appesa una cassetta a muro senza nemmeno un lucchetto: nessuno sano di mente andrebbe mai a fregare qualcosa alla mafia russa!

All'interno, oltre a decine di chiavi, c'è anche un cellulare. Me lo porge.

«Ecco qui. È sbloccato e con questo puoi aprire e accenderla. Ti va di farci un giro?»

Anche se la tentazione è forte, rifiuto con un gesto del capo.

«Quindi domani vuoi andare a comprare la droga con una di queste?»

«Esatto.»

«L'hai già scelta?»

Il Danese sorride e indica una vettura.

«Quella.»

Sorrido a mia volta.

«Mi sembra decisamente appropriata!»

44

La scena che Radeschi si trova a contemplare appena entra nella stanza d'ospedale dove è ricoverato Sebastiani ha qualcosa di surreale. Nel letto, come in effetti è prevedibile, c'è il suo amico con indosso un pigiama *british style* azzurro e un sigaro che gli pende dalle labbra. Alla sua destra la sua nuova e giovane fiamma, Nadine, la francesina che cerca di imboccarlo con un cucchiaio di miele.

«*C'est très bon!* Avanti.»

Sul lato opposto, come se quello fosse il quadro di una qualche sorta di distorta trinità, la sua ex moglie, Giulia. Il giornalista riconosce la dote che ha portato con sé: un thermos – sicuramente pieno di rum anziché di caffè – e una scatola di cioccolatini con all'interno una batteria di Toscanelli pronti per essere addentati da Loris.

Anche se sono separati da diversi anni, lei non manca mai di andarlo a trovare quando finisce in ospedale, e succede piuttosto spesso.

Giulia è sempre una bella donna: castana, alta e ancora avvenente. Aveva mollato Sebastiani per andarsene con un professore di matematica che, sosteneva, le dava sicurezza. E probabilmente aveva ragione visto che stanno ancora insieme mentre Loris passa da una sbarbata all'altra senza mai trovare un equilibrio.

«Disturbo?» chiede il cronista.

«Come sempre!» ribatte Loris. «Non puoi ripassare fra dieci minuti? Dammi il tempo di finire con le mie... ehm...»

Entrambe gli lanciano occhiate piene di rancore al punto che il vicequestore non riesce a terminare la frase.

«Ma certo!» risponde Radeschi. «Fate con comodo. So che i *ménage à trois* sono sempre un impiccio quando non si è a letto...»

La scatola di cioccolatini colpisce la parete a pochi centimetri dalla testa del giornalista spargendo cioccolato e tabacco ovunque.

«Alla prossima cazzata che dici ti lancio il thermos!»

«Bel ringraziamento per averti salvato la pelle!»

«Vai via ho detto!»

Enrico esce alzando le mani e ridacchiando come una matricola al toga party di una confraternita.

«Scenetta divertente?» chiede Carla intercettandolo in corridoio.

«Molto» conferma lui distogliendo lo sguardo dopo averla fissata per un istante negli occhi. Si è ricordato della conversazione allusiva del giorno precedente e non vuole che sorgano equivoci fra loro.

La Rivolta capisce al volo, del resto è la più sveglia della squadra Mobile.

«Se mi offri un caffè alla macchinetta ti racconto a che punto siamo con le indagini sulla rapina di via Monte Rosa» propone in tono neutro.

«Mi sembra un'ottima idea. Credo che lì dentro Sebastiani ne avrà per un po'.»

Quando entrambi hanno il loro bicchiere di plastica in mano, Radeschi rompe il silenzio.

«Allora, che sviluppi ci sono?»

«Ieri ho trascorso il pomeriggio a interrogare cinque donne che vivono nel palazzo di via Monte Rosa che, per età e prestanza fisica, potevano aver partecipato alla rapina.»

«Ne è venuto fuori qualcosa di utile?»

«Nulla: avevano tutte un alibi valido.»

«Quindi niente di nuovo?»

«In realtà abbiamo un paio di nuovi sospettati.»

«Piste concrete?»

«Diciamo che sono le uniche, quindi ci accontentiamo.»

«Ho sempre adorato il tuo ottimismo.»

«Non solo quello, Enrico.»

Lui abbozza un sorriso imbarazzato prima di chiedere: «Chi sono questi due?»

«Uno è un funzionario di banca. Sembra che nei giorni precedenti la rapina avesse litigato con Perego per via di un'auto che gli era stata venduta e che non lo soddisfaceva...»

«Un po' debole come movente per una rapina di quel tipo, mi pare.»

«Se è per questo l'altro regge ancora meno.»

«Spara.»

«Pare che il figlio di Perego, Matteo, quello che studia a Oxford, fino a tre mesi fa avesse una fidanzata. Una ragazza di Torino, con cui si sono lasciati male.»

«Quanto male?»

«Be', lei l'ha scoperto a letto con un'altra e ha lanciato i vestiti di entrambi giù dalla finestra!»

«Però! E sospettate di lei per quale ragione?»

«Vendetta. Le donne sono terribili quando vogliono.»

«L'ho sentito dire, sì. E questa ragazza potrebbe essersi tenuta le chiavi del portone?»

«Il figlio sostiene di non avergliele mai date. Lei andava e veniva da casa dei Perego solo quando erano insieme, mai da sola, quindi non c'era ragione di fornirgliene un mazzo.»

«Però potrebbe averne fatta una copia comunque. Magari mentre lui, senza mutande, non badava a lei. La ragazza dice che scende un attimo per fare la spesa con il mazzo di chiavi di lui in tasca, fa una copia in un negozio di ferramenta, poi ritorna e le rimette a posto senza che lui sospetti di nulla.»

«Fa molto Mata Hari.»

«Sì, però hai visto cosa sono riuscite a mettere in piedi quelle criminali? Duplicare una chiave mi sembra il minimo.»

«In effetti hai ragione. Quindi tu punti sull'ex fidanzata del figlio?»

Radeschi scuote la testa mentre getta il bicchiere vuoto nell'immondizia.

«In realtà queste piste mi sembrano piuttosto deboli...»

«Anche a me» sospira Carla. «E probabilmente a quest'ora quelle quattro saranno già su una spiaggia tropicale a godersi i quattrini!»

45

L'idea è di eseguire una ricognizione approfondita. Un modo non certo ortodosso ma efficace per capire se il Residence potrebbe essere un nascondiglio sicuro per Hurricane.

Se Iandolo è stato reclutato lì per la messinscena con la maschera non può trattarsi solo di una coincidenza. Oppure sì, e in questo caso il Danese si farà solo una passeggiata al fortino della droga, esperienza non certo traumatica per uno della sua pasta.

Ho preferito non mandarlo vestito col suo solito abbigliamento pseudomilitare perché, paradossalmente, avrebbe dato troppo nell'occhio, attirando l'attenzione delle guardie che se si trovano davanti uno vestito da Rambo le antenne le drizzano eccome.

Quello che voglio è che Chrestos appaia come un pesce fuor d'acqua lì, che nessuno lo veda o lo interpreti come una minaccia ma solo come un impiegato sprovveduto che la domenica mattina va a comprarsi due strisce di coca per sniffarle il giorno dopo con la segretaria del suo capo in pausa pranzo.

L'abito da manichino che indossa raggiunge perfettamente questo scopo: sembra pronto per andare a una cerimonia solenne. Un funerale, più che un matrimonio, vista la faccia lunga che ostenta. Gli ho anche fatto pettinare i capelli con la riga da una parte imbrigliati col gel. Sembra Sheldon di *Big Bang Theory* ma questo evito di dirglielo anche perché dubito seriamente che il Danese sappia a chi mi riferisco. Lui vive nel suo mondo di maria, vodka ed entraîneuse dove le serie tv non sono contemplate: la vita che conduce è più che sufficiente per regalargli emozioni e distrazione, senza bisogno di surrogati in formato video.

Nel taschino della giacca ho applicato la microcamera che ha già iniziato a trasmettere il video in diretta dal momento in cui ha lasciato il garage di via Valtellina. Posso anche sentire quello che dice grazie al microfono integrato. E il greco ne approfitta: per tutto il tempo, mentre guida verso il Residence, mi riempie d'insulti per la pagliacciata che sta per fare.

Io ridacchio mentre me ne sto disteso sul divano di casa col laptop sulle gambe per seguire l'azione.

Sono da poco passate le tredici. L'auto che il Danese ha scelto per calarsi nella parte è una specie di pezzo d'antiquariato: una Duna bianca immatricolata nel 2000, perfetta per la nostra copertura.

I russi probabilmente l'hanno requisita a un poveraccio che ha pensato bene di lasciargliela anziché riscattarla: anche loro a volte sbagliano i conti.

«Sto parcheggiando» annuncia.

Spegne il motore e scende dall'auto. Si trova sul lato opposto della strada rispetto al Residence. La telecamera inquadra un palazzone altissimo circondato da una serie di guardiani. Non portano armi a vista ma sono sicuro che le hanno. Almeno sei paia d'occhi – contando per difetto solo quelli che riesco a vedere – si posano sul mio amico mentre attraversa a passo incerto per raggiungere l'ingresso dell'edificio.

A un paio di metri dalla soglia viene intercettato da un tizio alto e muscoloso con una pistola bene in mostra infilata nella cintura.

«Che vuoi?» gli ringhia.

Chrestos, facendo ricorso a tutto il suo autocontrollo, anziché colpirlo con una testata come farebbe normalmente, finge di balbettare qualcosa.

«Non ho capito un cazzo» ribatte l'altro innervosendosi.

«Volevo della *bamba*» articola il mio amico fingendo di tremare come una foglia. Un attore nato!

Per rendere più credibile la richiesta gli mostra due banconote da cinquanta che teneva già strette in mano.

Il bestione, alla vista dei soldi, si convince. Li prende e li fa sparire in tasca.

«Aspetta qui» dice mentre si allontana.

Il Danese rimane immobile mentre intorno a lui si sente parlare arabo e anche delle urla in italiano provenire dall'interno del palazzo.

Passa un minuto e dal portone principale sbuca un altro tizio, piccolo, capelli rasati e con un tatuaggio sulla fronte che rappresenta un fulmine.

Senza tante cerimonie porge una bustina al Danese.

«Ora sparisci. Questo è un posto pericoloso per i cacasotto.»

Chrestos ringrazia con un filo di voce, fa dietrofront e si prepara ad attraversare nuovamente la strada.

Ha tutti gli occhi addosso ma ormai è fatta, deve solo raggiungere la Duna, ed è già a metà della carreggiata quando un'auto sbuca dal nulla e lo travolge in pieno.

Lo schermo del computer diventa completamente nero e io mi sento perduto.

46

L'impatto dura un istante ma Hurricane lo trova piacevole, quasi come un orgasmo. Lo scontro è così violento che l'uomo viene proiettato a diversi metri di distanza. Lui stringe il volante saldamente fra le mani, non sbanda e non si ferma per contemplare la sua opera.

Finalmente ho tolto di mezzo quel greco, pensa con un sorriso malizioso sulle labbra. Mi hanno preso per uno stupido? Credevano davvero che sarebbe bastato un grossolano travestimento per passare inosservati? Questo è un avamposto della mala dove nulla si muove senza che io o uno dei miei soci ne veniamo a conoscenza!

L'auto prosegue la sua corsa mentre il criminale continua a compiacersi della propria scaltrezza. Il Residence rappresenta per lui una sorta di assegno in bianco, la sua liquidazione per quando deciderà di ritirarsi.

L'idea di un posto del genere era nata un secolo fa, quando ancora stava a San Vittore: insieme a un pugno di compari fidati aveva pensato di crearsi una sorta di fondo pensione per gli anni bui, un investimento sicuro e remunerativo per la loro vecchiaia. Il sistema era semplice: si individuava un immobile da "occupare", si costituiva una sorta di società a delinquere in cui si entrava con una quota cospicua – frutto ovviamente di proventi illeciti – in cambio della quale si aveva diritto ai ricavi di quel progetto di edilizia criminale che ogni anno distribuiva utili grazie alle innumerevoli attività che ospitava...

C'era una sorta di consiglio d'amministrazione che si occupava della sicurezza, dello spaccio e del resto. Non solo: il Residence era anche un rifugio sicuro e ben sorvegliato per quando Hurricane aveva bisogno di nascondersi. Proprio come era successo negli ultimi giorni.

47

«Se guardi a lungo nell'abisso, l'abisso guarderà dentro di te.»

Nietzsche aveva ragione perché quello che è successo è colpa mia. Ho mandato il Danese fra le braccia di Hurricane e non me ne sono nemmeno reso conto. Se ora lui muore non me lo perdonerò mai.

Appena è successo ho telefonato ai soccorsi e l'ambulanza è arrivata sul posto in nemmeno dieci minuti. Nessuno si era sognato di chiamarla da quelle parti e i pochi testimoni avevano riferito di un pirata della strada.

Chrestos versa in condizioni critiche; l'hanno trasportato al Niguarda e, da quando è arrivato, è sotto ai ferri.

Sono già passate tre ore e io mi mordo le mani mentre riguardo sul cellulare gli ultimi istanti del filmato: si scorge un'auto grigia che spunta dal nulla e lo investe. Forse un suv, ma giudicare in base a due secondi di video non è semplice.

«Come stai?» mi chiede Carla.

Si è fatta assegnare il caso e non mi molla un istante. Non capisco se lo faccia solo per amicizia o con altri scopi ma, in questo momento, non riesco troppo a connettere.

«Meglio di Chrestos.»

Lei annuisce brevemente.

«Cosa ci faceva da quelle parti?»

Non posso dirle della droga e della mia indagine parallela.

«Non lo so» mento.

«Davvero? Non ha niente a che fare col fatto che si trovava proprio davanti al Residence dove andava a rifornirsi di droga Tommaso Iandolo?»

«Forse» sussurro.

Vorrebbe continuare con l'interrogatorio ma, per fortuna, un medico si avvicina a noi.

«Siete i famigliari di Chrestos Dukas?»

Sto per dire che sono il fratello ma la divisa della Rivolta apre tutte le porte senza bisogno di mentire.

«Ci dica come sta» lo esorta eludendo la domanda.

«L'operazione è andata bene ma le sue condizioni sono ancora molto gravi. Ha una gamba rotta, sei costole incrinate e ha avuto una forte emorragia cerebrale...»

«Ce la farà?»

«Per ora non possiamo dirlo. Tutto dipende dalle prossime ore. Se arriva a domattina, allora potremmo essere più ottimisti.»

Il dottore si allontana senza aggiungere altro.

«Raccontami cosa stavate tramando tu e il Danese» mi incalza Carla.

Il tempo di risponderle però mi manca perché sul cellulare ho appena ricevuto un messaggio che mi fa sbiancare all'istante.

È di Hurricane, spedito sempre col telefono di Andrea, ed è molto esplicito. Dice: «Ora avete capito cosa succede se invece di seguire le mie indicazioni vi mettete a ficcanasare in giro?»

La Rivolta mi guarda. Forse mi parla, dice qualcosa ma non la sento più.

Lo stomaco mi si contorce e improvvisamente mi manca il fiato. Corro fuori dall'ospedale per respirare, succhiando l'aria gelida e umida della città.

Carla mi viene dietro e mi tiene la testa quando mi piego su un'aiuola per vomitare.

Non posso andare avanti così.

Aveva ragione il Danese: questa storia non finirà mai, almeno finché io non sarò morto. Hurricane continuerà a tendermi trappole mortali tenendo in vita Andrea per utilizzarla come esca. Non ha nessuna intenzione di liberarla. Lui vuole solo ucciderci tutti. E quando ci sarà riuscito sacrificherà anche lei.

Non ci sono vie d'uscita in questo gioco al massacro, se non una mossa disperata. La stessa che ho adottato dieci anni fa: scomparire nel nulla.

Solo così potrò condurre il gioco e attaccare mentre lui sarà costretto a difendersi.

48

Il sigaro è tornato saldamente fra le labbra di Sebastiani e, nonostante sia ancora ricoverato in ospedale, non se lo toglie mai, nemmeno quando i dottori vengono a visitarlo.

«Tanto non lo fumo» si giustifica squadrandoli a muso duro.

Ed è così che lo trova l'agente Rivolta quando si presenta per ragguagliarlo sulle indagini in corso: con l'espressione accigliata e il Toscanello che corre veloce da una parte all'altra della bocca.

«Non ce la faccio più a stare qui dentro!» sbotta.

«È solo per poco: domani la faranno uscire. L'avvelenamento che ha subito non è uno scherzo...»

«Lo dici a me? Non sento più i sapori quando mangio né gli odori. Ma questo forse è un bene per certi versi...»

Si sporge e afferra il thermos posato sul comodino.

«Lì c'è la sua medicina?»

«Sì, una specie» conferma il vicequestore buttando giù un lungo sorso di rum. «Che novità mi porti?»

«Ha saputo del Danese, vero?»

«Sì, se la caverà?»

«I medici non si sbilanciano. Gli sono andati addosso a ottanta all'ora.»

«Hurricane?»

«Così pensiamo.»

«Enrico invece cosa combina? No, aspetta non dirmelo: mi sta chiamando. Pronto?»

L'espressione del poliziotto si fa seria e il sigaro, improvvisamente, smette di correre e rimane immobile al centro della bocca.

Quando riaggancia appare inebetito, incredulo.

«Allora?» chiede la Rivolta piena di curiosità. «Cosa ha detto?»

«Dice che per lui è arrivato il momento di sparire dalla circolazione.»

«Come sarebbe? Scappa di nuovo?»

«No, non così. Vuole rendersi invisibile, introvabile.»

«E come pensa di riuscirci qui a Milano?»

«Non ne ho idea.»

49

La vita, a volte, ha davvero un umorismo beffardo: proprio mentre un mio amico è uscito dalla terapia intensiva ce ne finisce un altro.

Al Niguarda non mi fanno vedere Chrestos. Tuttavia, grazie a Mascaranti, che è stato spedito lì dalla questura per dare il cambio alla Rivolta, riesco a fare qualcosa di buono per il Danese: frugo nelle tasche dei suoi vestiti e, oltre alla bustina di *bamba* che è meglio far sparire al volo, recupero le sue chiavi di casa.

«Cerchi indizi da lui?» mi domanda l'ispettore. Il tono è calmo: dopo che ho salvato il suo capo si è ammorbidito con me.

«Una cosa del genere, sì» dico uscendo. «Torno fra un paio d'ore. Se ci sono novità avvisami, ok?»

Ci metto poco ad arrivare all'Isola col Giallone. Questo quartiere ha cambiato faccia negli ultimi anni: locali alla moda, ristoranti, palestre. Brulica di vita anche ora che siamo sotto zero.

Prima di salire nell'appartamento del Danese mi fermo in una piccola bottega di frutta e verdura gestita da un cingalese e compro due mele: bisogna sempre prendersi cura di chi resta.

Entrato nel monolocale, trovo un coltello in un cassetto della cucina e taglio una delle mele a fettine sottili. Poi, con movimenti lenti e senza far rumore, mi siedo sul letto tenendo i pezzetti del frutto sul palmo della mano.

Dopo nemmeno dieci secondi di attesa ecco Iris fare capolino da sotto il cuscino e avvicinarsi titubante. Resto fermo e le concedo tutto il tempo di cui ha bisogno per fidarsi. Il suo padrone forse non tornerà più per colpa mia: il minimo che io possa fare è prendermi cura di lei!

Alla piccola iguana occorrono diversi minuti per trovare il coraggio di addentare la prima fettina di mela. Rimango immobile mentre la mangia tutta. Quando passa alla seconda le accarezzo piano la testolina con un dito e lei lascia fare: ho conquistato la sua fiducia!

«Per qualche giorno starai con me, cosa ne dici, Iris?»

Come se avesse capito inizia a salire, prima sul polso, poi sull'avambraccio. Fa un po' il solletico quando cammina ma è piacevole.

Rimango fermo finché, ormai convinta che siamo amici, s'infila sotto la maglietta e va a mettersi comoda sulla mia scapola destra, come se fosse un tatuaggio.

Appena cerco di alzarmi lei si muove e io scatto come un'anguilla per il solletico urtando il cuscino che finisce sul pavimento.

«Devo abituarmi alle tue zampette, piccola» dico mentre lo raccolgo.

Ed è allora che la vedo, nera e lucida: la pistola che il Danese si portava a letto!

Quella comprata a Vienna e mai usata.

Rimango indeciso sul da farsi mentre Iris passeggia tranquilla sulla mia schiena. Quando, dopo qualche minuto, finalmente mi abituo ad averla addosso, prendo una decisione: afferro l'arma e me la infilo in una tasca del giaccone. Ne avrò bisogno per affrontare Hurricane.

Entro nella chiesa di Sant'Eufemia che fuori è già buio da un pezzo.

Iris è sempre con me, immobile fra le scapole, così come il mio zainetto con dentro il laptop e un po' di biancheria di ricambio. Sto per farlo di nuovo, stavolta però con modalità molto diverse. Non ho con me il cellulare: l'ho lasciato a casa, acceso e attaccato alla presa di corrente in modo che non si scarichi mai. Se mi telefonano o cercano di tracciarmi crederanno che io sia rintanato in casa senza voglia di rispondere. Oppure che pensino quello che gli pare: ad ogni modo io sarò altrove e non avrò nemmeno la tentazione di leggere i messaggi di Hurricane. Prima di uscire ne ho ricevuto uno che ho evitato di aprire: un'altra trappola? Un altro video di Andrea sofferente o, peggio, morta?

Non ci casco più: se non so non posso soffrire. Andrea per me si è trasformata nel gatto di Schrödinger: in questo momento potrebbe essere viva o morta. Lo scoprirò solo quando aprirò la scatola in cui il mio avversario la tiene rinchiusa.

Avanzo piano nella navata deserta e silenziosa. Questa chiesa è davvero splendida, con delle ricche decorazioni a mosaico dorate e un cielo blu stellato dipinto sulle volte che qui a Milano non s'è mai visto.

Mi siedo a uno dei primi banchi per ammirarlo meglio.

«Il cielo stellato sopra di me, la legge morale dentro di me» mormoro.

Non sono qui per filosofeggiare né tantomeno per pregare, non fa per me. Sono qui per trattare. Ed è già il momento di farlo.

Mi accorgo che dietro di me si è seduto qualcuno.

«Perché ci vediamo qui?» chiedo senza voltarmi.

«Territorio neutro» risponde la voce inconfondibile di Konstantin, l'uomo che tutto può per far sparire le persone. Negli anni giovanili come agente del Kgb sottoterra; oggi le fa scomparire dai radar cancellandone le tracce.

Ha un'età indefinita fra i cinquanta e i settanta e l'espressione affilata tipica dei russi. Capelli grigi rasati corti, occhi dello stesso colore, anelli d'argento su tutte le dita e un completo nero che sembra preso a prestito da un film di gangster.

«Ma non siete ortodossi, voi?»

«Tu chiamato per discutere di religione?»

«No.»

«Bene. Avevo detto che noi chiuso con te. Cosa tu non comprende?»

«Capisco benissimo. Solo che la rogna è la stessa dell'ultima volta.»

«Noi non interessa.»

«Non vi importa nemmeno del Danese?»

«Cosa vuoi dire?»

«Che oggi hanno cercato di ammazzarlo travolgendolo con un'auto.»

«*Huynià*, tu inventa cazzate.»

«Davvero? Fai una ricerca col telefonino. L'incidente è accaduto in via Cavezzali. Leggi il nome del ferito e le sue condizioni.»

Sento le sue dita digitare sui tasti.

Attendo qualche secondo.

«Ora mi credi?»

«*Da*. Cosa ti serve?»

Il suo tono è cambiato. Si è fatto più conciliante e collaborativo.

«Mettete qualcuno dei vostri di guardia al Niguarda dov'è ricoverato il Danese. Per oggi ho convinto il mio amico vicequestore a farlo piantonare ma da domani non ci sarà nessuno a vegliare su di lui. Non vorrei che a Hurricane venisse l'idea balzana di cercare di terminare il lavoro.»

«Tranquillo. Chrestos nuostro amico. Che altro?»

«Devo nascondermi, sparire dalla circolazione. Disconnettermi come l'altra volta. Solo che adesso non fuggirò, rimarrò nell'ombra per dare la caccia all'uomo che ha cercato di uccidere il Danese e che tiene in ostaggio la mia ragazza.»

Konstantin ridacchia.

«Tu parla come eroe di film americano, solo che tu non è Bruce Willis, tu finisce morto ammazzato.»

Mi volto per guardarlo negli occhi.

«Può darsi. Ma almeno ci avrò provato.»

Il russo abbozza una specie di sorriso sadico, poi si fruga in tasca ed estrae un mazzo di chiavi.

«Questo è un nuostro appartamento sicuro, indirizzo è scritto su portachiavi. Puoi restarci per una settimana. Non un giorno di più. *Dasvidania.*»

50

Il sigaro stretto fra le labbra del vicequestore è immobile e teso come se stesse indicando qualcosa.

Quando Mascaranti se lo ritrova davanti quasi non crede ai suoi occhi perché il suo capo non è impeccabile come al solito. Ha la barba di due giorni, le occhiaie e non veste elegante come sempre ma indossa una tuta e delle scarpe da ginnastica.

«Esco da un ospedale per andare subito in un altro» esordisce. «Non è fantastico? Come sta Chrestos?»

Mascaranti scuote la testa, confuso riguardo a quale domanda rispondere.

«Il paziente è in condizioni critiche» recita. «Lo tengono sedato. Lei sta bene?»

«Sto come uno che è stato avvelenato e che avrebbe bisogno di una settimana di riposo. Invece eccomi qui.»

L'ispettore annuisce a disagio.

«Radeschi si è visto?»

«È passato stamattina. Ho provato a chiamarlo per aggiornarlo sulle condizioni del Danese ma non risponde.»

«Cazzo, allora è vero...»

«Cosa?»

«Anch'io ho provato a chiamarlo e squilla a vuoto.»

«Gli sarà successo qualcosa?»

«No, quel pazzo ha davvero staccato la spina. Non ci posso credere...»

Senza aggiungere altro il vicequestore gira sui tacchi e si avvia verso l'uscita. Dopo un paio di passi, però, si ferma e si rivolge nuovamente al sottoposto.

«Ispettore.»

«Mi dica.»

«Volevo ringraziarti. So che hai aiutato Radeschi a scoprire cosa mi stesse avvelenando. Vi devo la vita.»

Il sigaro inizia a rotolare verso la parte destra della bocca e Mascaranti abbassa lo sguardo imbarazzato perché non sa cosa rispondere: è la prima volta che Sebastiani gli fa un complimento e addirittura lo ringrazia.

Vuoi vedere che il veleno gli ha guastato qualcosa nel cervello?, pensa mentre alza una mano per salutare il vicequestore che scompare dietro la porta a vetri.

51

El signurun de Milan.

Hanno ribattezzato così la statua di cemento raffigurante un Cristo Redentore, con tanto di mano monca, che mi ritrovo occhieggiare sotto la finestra del mio appartamento da fuggiasco, in via San Dionigi.

Confesso che non sapevo nemmeno della sua esistenza e, a quanto pare, era una mancanza grave visto il numero di fedeli che ogni giorno viene ad accendere un cero e a pregare inginocchiandosi ai suoi piedi.

La statua è enorme, almeno sei metri d'altezza, forse di più, e sembra il Cristo di Rio de Janeiro, però questa non tiene le braccia allargate, fa il gesto di benedire. Lo si intuisce più che altro visto che la mano della benedizione è mozzata. Mi sono informato e ho scoperto che l'ha tirata giù una ruspa durante la sostituzione di un lampione e nessuno l'ha più riparata. Forse se la sono fregata e la venerano come reliquia, vai a sapere.

Il quartiere, del resto, non è che sia proprio il massimo e a poche vie di distanza c'è piazzale Gabriele Rosa, una delle principali zone di spaccio della città.

Un bel posticino, non c'è che dire, per questo non mi stupisce che Konstantin abbia qui una delle sue case sicure. Il bilocale è confortevole, ammobiliato probabilmente negli anni Sessanta con ancora un televisore a tubo catodico e un divano di pelle nera che devo aver visto in qualche poliziottesco. Il letto è matrimoniale con le molle che saltano e le lenzuola a fiori. Iris se n'è subito innamorata: appena mi ci sono seduto sopra è sgattaiolata fuori dalla mia maglietta per andare a infilarsi sotto uno dei cuscini.

Nel complesso non mi lamento, ci sono anche un giradischi e una collezione di vinili piena di polvere, sicuramente appartenente al vecchio proprietario, davvero ragguardevole: saranno almeno una cinquantina. Naturalmente non ci sono né telefono né connessione internet. Ed è perfetto così visto che è ufficialmente iniziato il mio passaggio al lato oscuro. Da ieri notte, quando ho preso possesso di questo polveroso ma confortevole appartamento, vivo nell'ombra.

Non ho il cellulare con me e per le emergenze ho già individuato una cabina telefonica in piazzale Ferrara.

Stare a Milano senza telefonino è come sentirsi nudi, soli, tristi. Però venendo qui a piedi ho ricominciato ad ammirare la città, una metropoli che ho sempre amato e che adesso posso davvero scoprire senza l'ossessione di controllare ogni secondo sullo schermo del cellulare se qualcuno mi ha scritto, se il mondo sta per autodistruggersi, se c'è stata qualche immane disgrazia di cui dovrei scrivere per *MilanoNera*...

Ovviamente sono anche appiedato perché ho lasciato il Giallone parcheggiato sotto casa. Mi muoverò solo coi mezzi pubblici, biglietto cartaceo usa e getta comprato in contanti in tabaccheria.

Per connettermi ho trovato "Miranda", la rete wi-fi di un vicino di casa, protetta ovviamente, ma che non sarà un problema bucare. Navigherò solo per stretta necessità utilizzando un sistema criptato che mi garantisce l'anonimato: ogni volta che mi collego il segnale rimbalza in mezzo mondo; così sembra che una volta io sia connesso dalla

Cina, un'altra dalla Germania. Insomma: sarà impossibile individuarmi.

So già che stare disconnesso per gran parte del tempo sarà uno strazio. Prima di sparire ho inviato una email a Fuster dicendogli che mi prendo dei giorni off e che segua lui *MilanoNera* da remoto. Non so come farà e, sinceramente, in questo momento non mi importa granché.

Davvero in pochi sarebbero rimasti indifferenti dopo aver visionato gli ultimi video che aveva inviato a Radeschi. Filmati che nessuno vorrebbe vedere ma che, nonostante questo, non avevano sortito l'effetto che Hurricane desiderava. Anzi: non avevano sortito nessun effetto!

Andrea aveva pianto e urlato, l'aveva supplicato di smettere ma lui non si era fermato: registrava quei video per colpire il suo nemico e glieli inviava a raffica, uno dopo l'altro. Voleva bucare il muro di gomma che, da ormai troppo tempo, Radeschi aveva eretto fra loro. Senza risultato, però; il giornalista aveva iniziato a ignorarlo: non visualizzava né i filmati né i messaggi, né tantomeno rispondeva alle chiamate. Il suo cellulare suonava libero dieci, venti, trenta volte finché Hurricane, furioso, riagganciava. Le prime volte aveva sfogato la sua frustrazione sulla ragazza picchiandola, urlandole contro e ferendola col coltello. Riprendeva quelle sedute feroci e le mandava al giornalista che, però, nemmeno le guardava.

Devo cambiare strategia, pensa il criminale osservando Milano dalla finestra del suo rifugio. E mentre lo fa la mente lo riporta indietro, ai tempi in cui stava rinchiuso al quarto raggio. Era da allora che non provava quella sgradevole sensazione d'incertezza e d'impotenza. Ma, soprattutto, di indifferenza, che è ciò che lo fa andare fuori di testa.

Ha capito che Radeschi ha interrotto ogni comunicazione apposta per non fornirgli più nessun vantaggio: se non guarda i video o le foto di Andrea non può più essere manipolato né ricattato. E se è davvero così lui non ha alternative, deve solo aspettare; una lunga e vuota attesa come succedeva nella sua cella.

Già all'epoca trovava insopportabile attendere senza potere agire, senza poter fare niente, completamente in balia degli altri.

Da allora, però, molte cose erano cambiate, oggi Hurricane è una persona diversa e non ha più nessuna intenzione di rimanere con le mani in mano. Anche perché un terribile pensiero inizia a farsi largo nella sua mente: e se Radeschi si fosse convinto che Andrea sia morta e fosse scappato per salvarsi la pelle così come aveva già fatto dieci anni fa?

Se fosse così lui sarebbe costretto a mettersi nuovamente sulle sue tracce, a ricominciare tutto daccapo...

Scuote la testa, non vuole nemmeno considerare quella possibilità. E poi semplicemente non può permetterglielo, non dopo tutto quello che ha fatto!

Ogni istante diventa improvvisamente prezioso, anzi vitale: per questo deve sapere. Subito. S'infila la pistola nella cintura ed esce determinato a scoprire che fine abbia fatto il suo nemico.

Prima di mezzogiorno scendo per fare un po' di spesa. C'è un minimarket gestito da un peruviano poco distante dove mi rifornisco di frutta per Iris e di pasta e passata al pomodoro per il sottoscritto. Niente alcol: devo rimanere lucido per le mie ricerche.

Mentre cucino accendo il computer dove, nei giorni scorsi, avevo scaricato l'opera completa in formato mp3 di Mozart. Le note scivolano sulle piastrelle rosse e i pavimenti di maiolica della casa.

Non lo faccio per distrarmi ma per concentrarmi: il fil rouge della caccia che Hurricane ha pensato è sempre stato il musicista salisburghese. Perché? Cosa c'è nella sua musica? Forse un indizio su come scovare il mio nemico?

L'incertezza mi scava dentro: sarà uscito dal coma il Danese? E Andrea sarà ancora viva?

Provo a non pensarci tenendo la mente impegnata con altro. Finito il pranzo trovo una vecchia moka nella credenza e preparo il caffè.

Mentre aspetto che salga decido di svagarmi frugando fra i dischi.

Chissà che fine ha fatto quello che li ha comprati: forse i russi l'hanno sciolto nell'acido o peggio.

Niente Paolo Conte purtroppo, così cerco qualcos'altro che mi soddisfi. Per fortuna non ci impiego molto a trovare un'alternativa interessante, un grande classico milanese: Enzo Jannacci.

Due vinili, uno degli anni Sessanta e uno più recente, si fa per dire, risalente al 1980.

Silenzio Mozart che fino a ora non mi ha suggerito nulla e metto il primo disco sul piatto, appoggio con cura la testina e il fruscio inconfondibile del vinile riempie la stanza.

Faceva il palo nella banda dell'Ortica,
faceva il palo perché l'era il so mesté.

Una canzone del 1966. La ascolto tutta sorseggiando il caffè, poi passo al secondo disco.

Perché ci vuole orecchio
Bisogna avere il pacco
Immerso dentro al secchio
Bisogna averlo tutto
Anzi parecchio
Per fare certe cose
Ci vuole orecchio

Chiudo gli occhi e canticchio il ritornello insieme al cantante.

Pacco-orecchio-secchio, pacco-orecc...

Non so cosa mi prende, dentro mi scatta qualcosa, una sorta d'illuminazione.

«L'orecchio» sussurro. «Cazzo, l'orecchio! Ma certo!»

Tolgo il disco dal piatto e mi precipito a recuperare il laptop dallo zaino. Il mio isolamento digitale è durato appena una manciata di ore: ho bisogno di internet per ottenere le risposte che mi servono.

Ci metto un po' a inserirmi nella rete Miranda ma alla fine ci riesco; adesso per il mondo risulto connesso dalla Corea del Sud anziché da Corvetto.

La mia intuizione, probabilmente retaggio di qualche lettura o di qualche vecchia indagine, diventa sempre più certezza a mano a mano che recupero informazioni sul web. Bastano un paio di clic e i miei sospetti vengono confermati: il lobo umano è unico come le impronte digitali.

«Ecco come ti incastrerò, bastardo» sussurro come se Hurricane fosse davanti a me e potesse sentirmi.

Certo non sarà semplice visto che non esiste un database di impronte dei lobi, così come accade per quelle digitali, ma io ho già in mente come fare!

Ho tutto quello che mi serve nel cloud, per fortuna.

Per prima cosa mi procuro la vecchia faccia di Hurricane che è in bianco e nero. Non è un problema; si tratta della foto segnaletica di quando l'hanno ingabbiato a San Vittore, una quarantina d'anni fa. Le classiche immagini di fronte e di profilo in cui si vede benissimo il lobo sinistro. Lo ingrandisco e ne salvo una copia: sarà la mia impronta di riferimento.

Grazie a quella spero di poter essere in grado di determinare che faccia abbia adesso il mio nemico.

Recupero i filmati dell'Hotel Sacher di Salisburgo; per fortuna le riprese sono in hd quindi la qualità è ottima. Io e il Danese avevamo ristretto le possibilità a soli due individui. Parto da quelli per il confronto. Il difficile a questo punto è trovare un'inquadratura in cui si veda bene il lobo sinistro. Ci metto un'eternità a isolare il campione che mi serve: devo avanzare fotogramma per fotogramma, ingrandire, ruotare. Un lavoro certosino.

Quando ormai è buio ho finalmente le immagini nitide dei lobi dei due uomini.

Non mi resta che confrontarle col mio campione e anche questo non è un compito semplice: non è come nelle serie tv dove il computer fa tutto in un secondo con le impronte digitali. No, ora io devo istruire la macchina a confrontare, pixel per pixel, particolare dopo particolare, le immagini che le sottopongo per determinare se si tratta dello stesso lobo.

Ci metto altre quattro ore a scrivere un software che si comporti come mi aspetto e, a notte fonda, finalmente ottengo la mia risposta: Hurricane è l'uomo che aveva ordinato la torta Sacher senza poi assaggiarla. Proprio come sospettava il Danese!

Ingrandisco l'immagine per fissarmela bene nella memoria. La sua faccia è molto diversa da quella che aveva l'ultima volta che ci siamo incontrati: ha gli zigomi più pronunciati e il naso più sottile. Porta i capelli grigi tagliati corti e un paio di occhiali con le lenti fumé per nascondere quei suoi occhi crudeli.

Ora che conosco il suo volto devo solo scoprire dove si nasconde, anche se un sospetto ce l'ho. Prima di agire, tuttavia, meglio esserne certo. Già in condizioni normali entrare al Residence rappresenterebbe una missione suicida, farlo senza la sicurezza che il mio avversario si trovi lì sarebbe veramente insensato.

54

Rimettere piede in questura per Sebastiani è un sollievo. Non ne poteva più di pigiami, brodini, telefonate da famigliari, colleghi, amanti vecchie e nuove per domandargli come stesse.

Finalmente s'è rimesso in piedi, con indosso uno dei suoi abiti sartoriali – uno vecchio non impregnato di veleno! – ed è ritornato nel suo ufficio.

Si infila il primo sigaro della giornata fra le labbra proprio mentre il telefono sulla scrivania inizia a squillare.

«Pronto!»

«Sei tornato al lavoro, allora. Proprio non ce la facevi a goderti qualche giorno di riposo, vero?»

«E tu, Enrico, non dovevi sparire?»

«Certo, infatti ti chiamo da una cabina pubblica su un telefono fisso. Sarebbe dura anche per un esperto rintracciarmi.»

«Hai qualche novità?»

«Prima dimmi come sta il Danese. Non posso andare a fargli visita perché sono sicuro che Hurricane tiene d'occhio l'ospedale.»

Il Toscanello compie un'intera rotazione.

«Stazionario» risponde il poliziotto. «Lo tengono in coma farmacologico.»

«Sta migliorando?»

«Purtroppo no. Comunque non ti preoccupare: se si sveglia ci sono sempre un paio di russi pronti a fargli compagnia. Ne sai qualcosa tu?»

«Negativo.»

«Lo sai, vero, che è reato mentire a un pubblico ufficiale?»

«Tu allora non chiedere...»

«Hai scoperto dove si nasconde Hurricane?»

«Ci sto lavorando. E sto lavorando anche per te.»

«Sarebbe a dire?»

«Ieri sera non ho dormito molto, così mi è capitato di ripensare alla rapina di casa Perego.»

«E io che pensavo fosse triste guardare la tv svizzera...»

«Hai ragione... Ad ogni modo, ho fatto delle ricerche in rete e ho scoperto diverse cose interessanti.»

«Pensi di dirmele o vuoi solo alimentare la suspense?»

«Non ora. Prima ho bisogno di una conferma.»

«Mi prendi per il culo?»

«No, sono serio. Se i miei sospetti si riveleranno fondati presto avrai i nomi delle rapinatrici.»

«Ti metti a fare il misterioso con me adesso?»

«No, solo il meticoloso; mi manca un ultimo tassello e poi ti dirò tutto: promesso.»

«Non mi fido delle tue promesse.»

«Oh, smettila. Piuttosto: ti ho inviato una email da un account anonimo, cerca nello spam se non la trovi subito. In allegato c'è una foto col nuovo volto di Hurricane. Non chiedermi come ho fatto perché ci metterei una vita a spiegartelo e non ho abbastanza credito sulla tessera...»

«La prossima volta che metti piede in questura dirò a Mascaranti di prenderti a calci!»

«Oh, non lo farebbe, ormai siamo diventati grandi amici.»

«Come no. Comunque, tornando a Hurricane: non hai paura che giocando al fuggitivo lui si vendichi e uccida Andrea?»

«Se non so nulla e non rispondo non potrà ricattarmi

con Andrea. Senza potersi godere la mia reazione non agirà. Vuole far soffrire me, non lei. Desidera che io assista alla sua morte quindi la terrà in vita sino ad allora.»

«Ne sei sicuro?»

«No, infatti prima di telefonare a te ho provato a chiamare il mio cellulare.»

«Volevi parlare con te stesso? Sentivi la nostalgia?»

«Spiritoso. Era per controllare se era tutto a posto.»

«E?»

«Non lo è. Il telefonino non suona più. Invece dovrebbe visto che l'ho lasciato acceso e con il caricabatterie inserito nella presa di corrente...»

«Vuoi dire che qualcuno...»

«Non qualcuno: lui. Dopo il blackout delle comunicazioni avrà deciso di passare all'azione. Di capire perché non gli rispondevo. Così deve essersi introdotto in casa mia e ha scoperto il trucco. Forse ha preso il cellulare con sé, forse l'ha rotto.»

«Manderò qualcuno a controllare. Cos'è questo casino che sento?»

«Sono alla centrale e c'è un sacco di gente.»

«Che diavolo ci fai in stazione centrale? Parti?»

«Starò via solo un giorno. Te l'ho detto: è per quella cosa che devo controllare della rapina di via Monte Rosa. Ora devo andare.»

55

Sui tetti di Torino splende un sole freddo appeso a un cielo azzurro che mi ricorda quello di Vienna quando Hurricane ha cercato di mandarci al creatore con un missile.

Ho il presentimento che, da un momento all'altro, possa succedere qualcosa di terribile ma mi sforzo di catalogare questi pensieri sotto la voce "superstizione" e cerco d'ignorarli concentrandomi sulla bellezza di questa città.

Mi è sempre piaciuto camminare sotto i portici dove affacciano caffè eleganti e locali storici; vivere qui sarebbe stata una buona alternativa a Milano ma non ho mai avuto l'occasione di trascorrerci abbastanza tempo in modo da capire se mi piacerebbe davvero. E non ci riuscirò nemmeno oggi visto che sono nella città della Mole per una sorta di missione toccata e fuga. Cammino dalla stazione fino al parco del Valentino, verde e rilassante, adagiato sulla riva destra del grande fiume, il Po, che scorrendo giungerà fino alla Bassa, lambendo la mia Capo di Ponte Emilia.

Il freddo è intenso ma mi siedo comunque su una panchina a osservare l'acqua scorrere e un paio di persone che portano a spasso i loro cani.

Mi manca Rimbaud, le sue feste, le sue leccate sulla faccia, i suoi piccoli balzi per atterrare sul morbido del divano.

Controllo l'orologio da polso, un vecchio modello a carica che ho trovato in un cassetto dell'appartamento dei russi, bigiotteria, certo, ma almeno funziona. Visto che sono senza cellulare questo è l'unico modo – il vecchio modo – per sapere che ore siano: è da poco passato mezzogiorno e presto dovrebbe comparire il mio obiettivo.

Prima di partire, al telefono, ho mentito a Sebastiani: ho già risolto il caso della rapina ma, per ora, preferisco non rivelargli nulla. Tengo l'informazione per me perché ho un piano che, spero, mi permetterà di confermare se Hurricane si trova davvero al Residence. Per riuscirci, tuttavia, devo coinvolgere anche le rapinatrici, o perlomeno i loro soldi.

L'illuminazione mi è venuta la notte scorsa ripensando alla rapina di via Monte Rosa. Ho iniziato a pensare al movente, cioè alla ragione che spinge quattro donne a mettere in scena un colpo del genere. Non può essere solo l'avidità. Certo i soldi fanno comodo a tutti, ci mancherebbe, però dietro doveva esserci una ragione più forte, meno futile.

La pista del funzionario di banca che progetta una rapina assoldando quattro professioniste per derubare l'uomo che l'ha fregato promettendogli optional inesistenti per la sua Jaguar non regge. Poteva limitarsi a rigargli la macchina come fanno tutti i poveri stronzi di questo mondo, no? Qui invece c'era della premeditazione, del rancore. Una ferita non ancora rimarginata. Così mi sono connesso a Miranda, stavolta fingendo di essere in Bangladesh, e ho cominciato a spulciare la memoria storica collettiva nonché, troppo spesso, nostra coscienza sporca: i social network. Niente d'interessante sui profili Facebook di Perego e della moglie: poche foto, qualche condivisione. Le solite cose di chi non padroneggia bene il mezzo ma lo frequenta perché gli hanno detto che deve esserci.

Più interessante il profilo di Matteo, il loro figlio ventiduenne, di stanza a Oxford. Feste, sbronze, auto sportive, ragazze...

Andando un po' indietro nel tempo – e ogni settimana può sembrare un'eternità sui social! Un mese addirittura un'era geologica – mi sono imbattuto in una ragazza presente in diverse foto che aveva un nome che mi suonava familiare: Roberta Ianni, l'ex fidanzata del rampollo.

Le cronache di Facebook raccontavano di una relazione finita davvero male, come testimoniava un post avvelenato della Ianni nei confronti del giovane Perego. Risaliva a circa tre mesi prima e il contenuto era inequivocabile: era volata a Londra per fargli una sorpresa e aveva beccato il fidanzato a letto con un'altra; così, presa da un impeto d'ira, aveva gettato i vestiti di entrambi giù dalla finestra. Da lì avevano rotto e, ci scommetto, lei aveva giurato di vendicarsi.

Sempre dal profilo avevo scoperto che la ragazza studiava ingegneria al Politecnico di Torino e per mantenersi agli studi, lei che non era ricca di famiglia come l'ex boyfriend, lavorava in un call center tutte le mattine dalle otto alle tredici.

Se erano plausibili il movente – la vendetta – e anche le capacità necessarie per trasferire i soldi degli sventurati ospiti della festa prima alle Cayman e poi in un portafoglio bitcoin – gli studi tecnici – restava da stabilire se disponesse anche dell'attrezzatura necessaria per mettere a segno il colpo.

Così eccomi, una volta di più, a far visita al database della motorizzazione dove ho scoperto che la Ianni è proprietaria di una Citroën C3 a tre porte, colore rosso, guarda caso modello e colore identici a quella su cui sono salite le rapinatrici dopo il colpo!

Se due indizi possono essere una coincidenza – anche se per me ormai rappresentano una certezza – ho compiuto un ulteriore passo per fugare ogni dubbio residuo: ho sbirciato nel suo carrello della spesa. Quello virtuale ovviamente!

Scoprire la password per accedere all'account del gigante delle vendite sul web non è stato molto difficile e mi ha fornito praticamente la conferma a tutti i miei dubbi. È stato sufficiente scorrere la cronologia degli ordini e controllare la merce consegnata dieci giorni fa direttamente a casa sua. Il pacco dei sogni conteneva tutto l'occorrente per una rapina da manuale: quattro tute con protezioni in kevlar taglia small, quattro maschere di carnevale, una tenaglia perfetta per tritare i pollici di quelli restii a smollare il codice di sblocco del cellulare, e, dulcis in fundo, quattro pistole giocattolo modello Glock.

Dubbi, a quel punto, non ne avevo più, ragion per cui adesso mi trovo davanti a un portone anonimo dove ha sede la ditta di call center per la quale lavora la Ianni.

La mia speranza è che non abbia ancora mollato il lavoro: farlo da un giorno all'altro salterebbe agli occhi. Meglio mantenere un profilo basso e poi, quando le acque si saranno calmate, sparire e godersi i soldi. Mi arrotolo una sigaretta di Amsterdamer e attendo fiducioso che finisca il turno.

Alle 13 e 10 il portone si spalanca ed escono cinque ragazze. Una di queste, la riconosco dalle foto postate sul suo profilo, è proprio Roberta Ianni.

Sono talmente fortunato che è lei a venirmi incontro per chiedermi di accendere.

«Ecco a te» dico porgendole il mio accendino di plastica. «Spero che ti accontenterai visto che ora tu potresti permettertene uno d'oro.»

Lei solleva un sopracciglio, aspira forte e rilascia una nuvola di fumo.

«Cos'è, una nuova tecnica per rimorchiare?» chiede restituendomi l'accendino.

«Oh, no di certo, avrei paura a stare con una come te.»

«Sempre meglio, questa tecnica.»

«Intendo» sussurro avvicinandomi leggermente al suo

orecchio, «che avrei paura di farti arrabbiare e poi subire le tue ire.»

«Mi credi così perfida?»

«Be', col tuo ex non ci sei andata tanto leggera: l'hai fatto scendere nudo per recuperare i suoi vestiti...»

Sentendo pronunciare quel nome, Roberta s'irrigidisce all'istante e dal suo volto, prima rilassato e disteso, pronto alla chiacchiera e al cazzeggio, scompare ogni traccia di disponibilità.

«Devo andare» annuncia avviandosi sotto i portici.

«Solo un secondo» le dico camminandole al fianco. «Sono venuto apposta da Milano per parlarti.»

«Ah sì? Cosa sei, una specie di maniaco?»

«No. Tu invece sei la ex di Matteo Perego.»

«E allora?»

«Noto che l'amore quando finisce trasforma tutti in Caini.»

«Cosa vorresti dire?»

«Solo che dobbiamo parlare io e te.»

«Sei un suo amico?»

«Naaa. Sono un giornalista, ma ora non è importante.»

«No?»

Si è fermata e mi fissa con occhi di brace. Non capisce cosa ci faccia lì, chi io sia, e questo la rende nervosa: ha messo a segno un colpo milionario, fa bene a stare all'erta.

«Vuoi sapere cosa ho scoperto con qualche piccolo trucco in rete?»

«E dimmelo.»

Inutile continuare oltre questa pantomima: le racconto del testimone, del video con la C3 rossa, delle chiavi duplicate – anche se per quelle non ho prove – e degli acquisti che ha fatto via internet.

Quando finisco di parlare lei rimane in silenzio. Sta valutando le prossime mosse. Se fossi uno sbirro sarebbe già in manette invece le sto davanti a fumare tranquillo.

Lascio passare alcuni secondi, poi riprendo a parlare: «Scommetto che se mi impegnassi di più troverei anche i nomi delle tre complici che ti hanno aiutato. Presumo tre amiche con cui avete giocato alle Charlie's Angels o a Occhi di gatto o Ocean's 8, dipende con chi vi identificate, per punire quello stronzo del tuo ex. Sospetto siano anche loro studentesse che sei riuscita a convincere senza grandi difficoltà con il miraggio dei soldi facili. Vado bene?»

«No.»

«Invece credo di sì. Sei impallidita.»

«Ma chi sei tu?»

«Te l'ho detto: un giornalista. E un hacker, come avrai già capito. Oggi, però, sono solo uno che vuole alleggerirti di un po' di soldi per una giusta causa.»

«Quale giusta causa?»

«Se ti dico che uno psicopatico tiene prigioniera la mia ragazza e minaccia di ucciderla ci credi?»

«No.»

«Infatti: allora fai solo finta che io ti stia ricattando.»

«Ricattando per ottenere cosa esattamente?»

«Soldi, no? Cinquantamila euro dovrebbero bastare.»

«Scherzi?»

«Tu cosa dici? Li voglio ovviamente in bitcoin, ma questo immagino non sia un problema se, come presumo, li avete già convertiti in valuta elettronica.»

«Mi stai dicendo, e questo non vuol dire che io stia ammettendo qualcosa, che se pago terrai la bocca chiusa?»

«Non ho detto questo. Pagare ti servirà solo a guadagnare tempo. Il patto è che concederò a te e alle tue complici quarantotto ore per sparire dalla circolazione.»

Indico l'orologio che ho al polso.

«Dunque vediamo: sono le 13 e 15 di martedì: giovedì a questa stessa ora comunicherò alla polizia le mie scoperte. Se posso darvi un consiglio so che in Giamaica e a Capo Verde, ad esempio, non c'è estradizione e con i soldi che avete lì potete viverci bene e molto a lungo...»

«Chi mi dice che manterrai la parola?»

«Nessuno, ma non hai altra scelta. Ecco, su questo biglietto c'è scritto l'indirizzo del mio portafoglio bitcoin, versaci i soldi e non mi vedrai mai più.»

56

Il sigaro vibra fra le labbra di Sebastiani mentre sale svelto la lunga scalinata che conduce a piazza Gae Aulenti. Il freddo è pungente, però non è quello a far tremare le labbra del poliziotto, bensì la rabbia: ancora non si capacita di come Radeschi riesca a comandarlo a bacchetta! E lo fa pure da remoto, senza nemmeno disporre di un cellulare.

Il messaggio anonimo gli era arrivato a notte fonda sul telefonino, sicuramente spedito da uno di quei provider irrintracciabili del dark web, da cui è impossibile risalire al mandante.

Lui non aveva fatto una grande fatica a scoprire chi gliel'avesse inviato visto il tono perentorio del messaggio: «Domattina vai dal professore, so che hai capito. Fai in modo di essere con lui alle dieci, così quando chiamerò sul tuo cellulare vi troverò entrambi.»

In altre circostanze, e con altre persone, Sebastiani si sarebbe comportato in maniera ben diversa: non avrebbe mai accettato di venire manipolato da chicchessia. Ma non si tratta di circostanze ordinarie, e poi quel gran bastardo di giornalista gli aveva salvato la vita solo due giorni prima e a lui toccava sdebitarsi. Anche se gli rodeva.

Trovare il professore non era stato difficile. Di origini romane ma trapiantato da sempre sotto alla Madonnina, aveva insegnato per tutta la vita semiotica alla Statale ed era il loro sgangherato consulente per tutte le questioni di carattere culturale, artistico e via dicendo. Le faccende in cui bisognava mostrare erudizione, in poche parole.

Dopo la pensione si era sposato con una sua ex studentessa, l'aveva messa incinta due volte e ora che i figli andavano all'asilo trascorreva le sue mattinate al bar di una libreria, posta proprio sotto al grande palazzo di vetro dell'Unicredit, dalle cui vetrate si godeva una splendida vista sulla piazza e sulle sue moderne fontane coi giochi d'acqua.

Il professor Alberto Ferraro, uomo corpulento con i capelli grigi e ribelli, sta seduto a un tavolino d'angolo tentando di darsi un tono sorseggiando un cappuccino come un turista straniero qualsiasi. Quando i suoi occhi, protetti da un paio di occhiali dalle lenti spesse, inquadrano la figura slanciata del vicequestore, subito s'irrigidisce.

«Quarcosa per cui 'un c'avete capito 'n cazzo come ar solito, eh?»

«Buongiorno anche a te, professore. Vedo che con l'età il tuo senso dell'umorismo migliora.»

«Che ce voi fà? Quando uno ce l'ha ner sangue...»

Sebastiani si siede, appoggia il telefonino al centro del tavolo e ordina un caffè al cameriere.

«Allora sei venuto per godette er silenzio de 'sto posto?»

«Hai detto bene. Mi godo il silenzio per altri due minuti: alle dieci in punto quell'affare si metterà a squillare e noi dovremo rispondere. Hai capito?»

«Vedi? Ce lo sapevo che avevate bisogno. Nun capite mai 'n cazzo tu e er socio tuo giornalaio...»

«Dinne un'altra così e ti faccio cadere i denti con una pedata. *Poi vedemo se te va ancora de fà lo spiritoso.*»

Ferraro capisce al volo che non è il caso di continuare col sarcasmo e riprende a sorseggiare la schiuma.

Alle dieci precise sul display del cellulare di Sebastiani appare la scritta NUMERO PRIVATO.

«Ecco, è lui. Sta chiamando da una cabina pubblica.»

Il poliziotto risponde e inserisce il viva voce.

«Buongiorno! Vi siete già scornati?» li saluta Radeschi.

«Ce stavamo a divertì invece.»

«Non ne dubito, professore. Prima di tutto grazie per...»

«Vieni al dunque» ringhia il vicequestore interrompendo i convenevoli. «Di cosa hai bisogno?»

«Subito al punto, eh? D'accordo. Prima dimmi come sta il Danese...»

«Stazionario. Sempre in coma farmacologico.»

«Ok. Professore, so che fra le tue tante passioni c'è la musica, vero?»

«E allora?»

«Ho bisogno che mi racconti di Mozart.»

«Me cojoni, hai detto niente! E che voi che te dica su Mozart? Suonava e componeva.»

«Questo lo so anch'io. Però ho bisogno di capire perché uno spietato assassino che mi vuole morto l'ha preso come una sorta di musa. Ogni trappola che mi tende è collegata al nostro Amadeus e... Ma che fai, ridi?»

Ferraro aveva iniziato a sghignazzare di gusto.

«Cosa c'è di così divertente?»

«Rido perché 'sto assassino è più colto de voartri.»

Il sigaro di Sebastiani compie una rotazione completa, così lenta e precisa che quando finisce Ferraro ha preso paura.

«Raccontaci e non fare lo spiritoso» lo esorta con tono neutro il vicequestore.

«Dovete sapé che 'ntorno alla morte de Wolfgang Amadeus Mozart ce sta 'n mistero. Il nostro è morto a Vienna il 5 dicembre del 1791, all'età di trentacinque anni, e su quello che gli capitò ce se potrebbe scrive' uno de quei romanzi gialli che...»

«Taglia.»

«Vabbè, ma nun t'encazzà. Dunque, pare siano state formulate ben centoquarantuno ipotesi su come sia morto il musicista. Fra queste, influenza, febbre, infezione da streptococco, emorragia cerebrale e, guarda 'n po', avvelenamento, che me pare proprio il caso vostro.»

«E perché mai?» chiede Radeschi. «Quello ha provato a uccidermi in mille modi ma mai col veleno.»

«Ah no?» chiede ironico Sebastiani.

«Non per il veleno, per il rancore» riprende Ferraro. «C'era uno che voleva morto Mozart più di quanto volesse vive' lui. Questo te quadra?»

«Questo sì. E chi era?»

«Si chiamava Antonio Salieri, pure lui era un musicista e invidiava da morì Mozart. Deppiù: lo detestava proprio. Non sopportava la sua bravura, il suo talento innato.»

«Tanto da volerlo morto?»

«Stai a scherzà? Pure lo stesso Mozart sospettava de lui. Poche settimane prima della sua morte, disse a un amico di essere stato avvelenato: "Mi è stata data acqua tofana e ho calcolato l'ora esatta della mia morte."»

«Acqua come?»

«Acqua tofana, è un veleno ad azione lenta, inodore, a base di arsenico. Mozart ne era talmente convinto che decise che il *Requiem*, commissionatogli da un misterioso personaggio, avrebbe dovuto essere suonato per il suo stesso funerale. E indovinate chi era questo sconosciuto committente?»

«Salieri» risponde Radeschi.

«Esatto, il compositore italiano Antonio Salieri, e dopo aver commissionato il *Requiem* che fa 'sto fijo de 'na mignotta? Se ne appropria e lo suona al funerale dello stesso Mozart.»

«Decisamente il loro rapporto assomiglia a quello che ho con Hurricane» conviene Enrico.

«Già. Te resta solo da capì se tu sei Mozart o Salieri.»

57

«Gli infelici rimangono infelici. I felici non comprano biglietti della lotteria.»

Un vecchio adagio che il Danese ama ripetere a ogni occasione e che sarebbe perfetto in questo momento in cui controllo il mio portafoglio bitcoin e mi manca il fiato: cinquantamila euro appena depositati! Penso di non aver mai avuto così tanti soldi tutti insieme ma so già che nemmeno questi dureranno perché li spenderò subito per salvare Andrea. E per far pagare al bastardo quello che ha fatto subire al Danese e a Sebastiani.

Fossimo ai tempi del vecchio West li avrei potuti usare per piazzare una taglia sulla testa di Hurricane ma oggi farò di meglio: mi comprerò delle foto.

Prima di iniziare mi affaccio alla finestra: c'è una donna inginocchiata ai piedi del Cristone di cemento. Prega a occhi chiusi mentre nella strada vicina le auto sono in coda: clacson, traffico, smog. Deve avere qualcosa di molto importante da chiedere. E anch'io.

Mi piazzo davanti al laptop e mi collego a Miranda. Oggi risulta che io sia connesso dalla Svizzera, neutrale e insapore come quello che sto per fare, vale a dire acquistare delle immagini satellitari ad altissima risoluzione. Un'operazione perfettamente legale: basta indicare le coordinate, latitudine e longitudine, del posto a cui si è interessati, inserire il giorno e l'ora e voilà, eccoti un'istantanea di quel luogo nel momento desiderato. Unica nota sgradevole è che ognuno di questi scatti costa la bellezza di sedicimila dollari, il che significa che con la mia disponibilità finanziaria ho appena tre frecce al mio arco e devo farmele bastare per individuare il nascondiglio di Hurricane.

Chiudo gli occhi e mi concentro. Ricostruisco tutti gli eventi degli ultimi giorni da quando Andrea è salita sul treno per Salisburgo a quando un'auto pirata ha investito il Danese riducendolo in fin di vita. Forse il mio cavallo di Troia per scoprire dove si nasconde Hurricane può essere la sua macchina: quello di cui sono sicuro, infatti, è che aveva raggiunto la capitale austriaca in auto. Decido pertanto di partire da ciò di cui sono certo; dopo l'attentato nel parcheggio di Vienna mi aveva telefonato e io l'avevo tracciato individuandolo in un'area di sosta autostradale vicino a Pressbaum.

Inserisco data, ora e coordinate nel sistema, pago la mia prima costosissima fiche e ottengo la mia foto dallo spazio. Non che ci sia molto da vedere: pompe di benzina, una costruzione bassa col tetto in cemento e una quindicina di auto in sosta. Una è sicuramente di Hurricane, ma quale?

Per stabilirlo con certezza ho bisogno di un'altra immagine con cui confrontarla e allora ripenso a quando il Danese è stato investito: dalla registrazione della telecamera che portava addosso è impossibile distinguere il modello ma non il colore. Recupero il filmato dal cloud e lo visiono nuovamente: ogni fotogramma è un colpo al cuore perché forse quel video racconta la morte del mio amico... Mi faccio coraggio e arrivo in fondo, all'ultimo istante in cui si vedono un parafango, un fanale e una porzione di cofano color grigio metallizzato.

Questo restringe il numero delle possibilità. Nell'area di Pressbaum sostavano solo due veicoli di quel colore: un suv con il tettuccio apribile e un'utilitaria della Fiat. D'istinto scommetterei sul macchinone ma non posso permettermi di sbagliare, ho bisogno di una prova certa che quella sia effettivamente la sua auto.

Faccio un passo indietro: Vienna. Ripenso alla via di fuga: la viuzza accanto al palazzo diroccato dove ci ha sparato addosso il missile. Quella su cui sbucava l'uscita di sicurezza da cui anche io e il Danese siamo usciti. Hurricane doveva aver parcheggiato lì la sua vettura in modo da essere pronto a scappare appena finito il lavoro.

Certo si tratta solo di un'ipotesi, di più: di un azzardo che mi costerà sedicimila dollari, una cifra che non mi sognerei mai di giocare al tavolo verde di un casinò in una mano sola ma adesso sono costretto a farlo.

Digito lentamente e con attenzione: ora, giorno, coordinate e... bingo: c'è un suv grigio con tettuccio apribile parcheggiato proprio a due passi dall'uscita di sicurezza.

Anche questa potrebbe sembrare una coincidenza ma, in fondo, pure io potrei essere Babbo Natale, no?

Ora ne sono certo: quella è l'auto di Hurricane e sui sedili posteriori è dove quel criminale ha inciso la sua iniziale sul corpo di Andrea...

Mi prendo la testa fra le mani e mi sforzo di concentrarmi: mi rimane una sola possibilità per scoprire dove si nasconde e sono ancora in alto mare. So che guida un suv grigio ma al mondo ne esistono milioni. Devo restringere il campo. Ma come?

Ripenso al viaggio d'andata in auto col Danese e mi ricordo che, nonostante avessimo la vignetta, il nostro lasciapassare per le autostrade austriache, subito dopo il confine c'era comunque un pedaggio da pagare obbligatorio per tutti: quello del Brennero. Dieci euro e un sacco di telecamere!

Mi metto subito all'opera per introdurmi nel loro sistema di videosorveglianza. Mi ci vuole un'ora buona ma alla fine riesco a scaricare tutti i filmati del giorno che mi interessa. Per fortuna non devo guardarmeli a occhio nudo ma ci pensa il computer: prima imposto un filtro che selezioni soltanto le auto grigie che velocizza di parecchio la ricerca; quindi inserisco la foto del volto di Hurricane e, grazie a un software di riconoscimento facciale, lascio che sia la macchina a scansionare i visi di tutti i conducenti che pagano il pedaggio.

Faccio in tempo a prepararmi un caffè e a berlo prima di ottenere una risposta che mi manda subito su di giri: ce l'ho in pugno! Alle 20 e 42 del 6 febbraio, infatti, Hurricane ha pagato il pedaggio con una banconota da dieci. Lo si vede bene in faccia mentre lo fa, ma soprattutto, ho finalmente la conferma del modello dell'auto: una Volkswagen Touran con tettuccio apribile. E si legge pure la targa!

Il sedile del passeggero è vuoto, segno che Andrea doveva essere tenuta prigioniera nel baule. Che bastardo!

Prima di giocarmi l'ultima cartuccia – che sarà anche la più incerta e azzardata – ho bisogno di ulteriori conferme.

A questo punto però il mio compito è molto più semplice: ho la targa e grazie alle telecamere è facile ritrovare l'auto. Calcolo i tempi di percorrenza fra il confine e la barriera di Milano della tangenziale est.

È da poco passata l'una di notte quando le telecamere inquadrano la Touran al casello che si avvia verso sud in direzione Linate.

A questo punto sono quasi certo di quale sia la sua meta: il Residence di via Cavezzali.

Calcolo almeno trenta minuti – e mi tengo largo – per farlo arrivare a destinazione, poi inserisco le coordinate. Prima di premere invio chiudo gli occhi; sto per giocarmi l'ultima fiche e se mi sbaglio non avrò altre possibilità per ritrovare Andrea...

Un secondo dopo ecco apparire sullo schermo l'ultima fotografia satellitare.

Caccio un urlo liberatorio e mi metto a ballare sulla

sedia come un idiota: proprio davanti al palazzo della droga c'è parcheggiato un suv grigio con tettuccio apribile!

Non ci sono più dubbi, Hurricane si nasconde in quel bunker e quella è anche la prigione di Andrea.

Ora mi resta solo da capire come posso introdurmi in un fortino della malavita dove nemmeno la polizia si fida a mettere piede. E anche uscirne vivo, possibilmente.

58

La serata di Loris Sebastiani, almeno fino a quel momento, era stata perfetta e ricca di aspettative: cena milanese doc alla Pobbia a base di mondeghili e cotoletta lui, risotto al salto per Nadine; un buon nebbiolo e a chiudere l'immancabile Pampero Reserva. La francesina sbatteva gli occhioni e sorrideva mentre il vicequestore era curioso di scoprire se, dopo l'avvelenamento che quasi lo spediva al creatore, laggiù gli funzionasse ancora tutto. Anche in questura era filato tutto per il meglio: nessuno lo stressava, nemmeno il questore gli stava più addosso per la rapina in via Monte Rosa; non si sta col fiato sul collo a un uomo che è appena uscito dall'ospedale. Del resto, sapevano tutti che prima o poi le colpevoli sarebbero saltate fuori. Insomma, tutto girava a meraviglia finché il telefonino aveva vibrato.

Un messaggio da mittente sconosciuto. Prima ancora di leggerlo, Sebastiani non solo sapeva che era da parte di Radeschi ma anche che gli avrebbe rovinato i piani. Un grande classico. Senza contare che quella comunicazione monodirezionale lo faceva andare in bestia: doveva fare quello che gli veniva richiesto senza possibilità di replicare. Mica semplice per uno abituato a comandare come lui!

Anche perché di cose da riferire al giornalista ne aveva eccome; prima fra tutte il fatto che aveva mandato Sciacchitano e la Rivolta a controllare se a casa di Fuster fosse tutto a posto. Come sospettavano non lo era affatto: qualcuno vi si era introdotto e aveva distrutto tutto. Un vero disastro. Hurricane quindi sapeva che Radeschi si stava nascondendo. E dalle condizioni in cui aveva lasciato l'appartamento era facile intuire quale fosse il suo stato d'animo: furioso. Il cellulare di Radeschi era sul pavimento, frantumato in mille pezzi.

Se avesse potuto farlo gli avrebbe anche detto che, forse, quel suo comportamento aveva decretato la condanna a morte di Andrea...

E avrebbe aggiunto anche che il Danese sembrava stare meglio e che i medici si dicevano ottimisti rispetto a una sua guarigione.

Ma non poteva; aveva dovuto limitarsi a leggere il testo del messaggio: «Sto andando da lui, forse ho capito dove si nasconde. Ho comprato un cellulare rubato in stazione centrale; ti metto il numero qui sotto ma non chiamarmi, tanto lo tengo spento. Quando però ti telefonerò io da questo numero fallo subito rintracciare e manda la cavalleria! 335-466...»

59

Il grande garage è buio e silenzioso ma sembra animarsi di vita propria appena accendo le luci al neon.

Meno di un'ora fa sono uscito per l'ultima volta dall'appartamento dei russi e ora mi appresto a fregargli una delle auto "rapite". Non sono certo che la cosa gli farà piacere ma, in questo momento, è davvero l'ultimo dei miei pensieri.

Mentre venivo qui a bordo di un taxi ho calcolato che sono dieci giorni esatti che Andrea è nelle mani di quel bastardo di Hurricane. Forse è ancora viva, come mi auguro ardentemente. Non riesco nemmeno a immaginare che non sia così: non potrei sopportarlo.

Uscendo col mio zainetto sulle spalle – dentro, il fedele laptop e poco altro – mi sono fermato ad accendere un cero ai piedi del Cristone di cemento. Nonostante l'ora e il freddo pungente c'erano due donne a capo chino assorte nella loro preghiera.

Iris dorme sulla mia schiena mentre nella tasca del giaccone mi pesa la pistola del Danese. Non ho mai posseduto un'arma né l'ho mai usata ma oggi, se devo affrontare il mio nemico, ne avrò sicuramente bisogno.

Smetto di pensare a quello che accadrà dopo e mi concentro su ciò che devo fare. Per prima cosa frugo nella cassetta appesa al muro dove sono custodite tutte le chiavi del parco macchine. Quello che prendo però è un cellulare: il telefonino che comanda la Tesla.

Mi avvicino all'auto e la apro. Mi accomodo nell'abitacolo e mi godo il piacere della tecnologia al top: telecamere, sensori, computer di bordo sofisticatissimo. Vorrei davvero tenerla per me una macchina così ma, purtroppo, ho ben altri progetti per lei. Sfilo il Mac dallo zaino e con un cavetto lo collego al cervellone centrale della vettura.

Dal dark web ho scaricato un programmino creato da un pool di hacker russi che mi aiuterà a infettare il computer di bordo per, diciamo così, farlo ubbidire ai miei ordini. Negli Stati Uniti queste auto dispongono della funzione di guida autonoma, cioè tu puoi anche togliere le mani dal volante e farti un pisolino che la vettura, grazie al suo pilota automatico, ti porterà sano e salvo a destinazione. Da noi in Italia questa funzione è stata limitata: basta sbloccarla col sistema dei russi e quella che ho sotto il sedere diventerà praticamente un'auto telecomandata dal mio telefonino.

Mi ci vogliono una decina di minuti, poi scendo e carico un paio di taniche di benzina vuote nel baule. Sono finalmente pronto all'azione. Spengo le luci ed esco per le strade di Milano a bordo di questa specie d'astronave veloce e silenziosissima, essendo elettrica.

Quando mi fermo al distributore, infatti, non è per fare rifornimento ma per riempire di benzina le taniche nel baule: mi serviranno per lo spettacolo pirotecnico che ho in mente.

Giunto a destinazione parcheggio la macchina a qualche decina di metri dal Residence. So bene che ciò che sto per fare è folle ma è anche l'unico sistema che sono riuscito a escogitare per entrare in quel fortino. Prima di uscire da casa ho inviato un messaggio a Sebastiani; una sorta di assicurazione. Andare da lui con le prove che ho raccolto sinora non sarebbe servito: nessun giudice avrebbe firmato un mandato di perquisizione sulla base delle mie supposizioni riguardo a un'auto grigia parcheggiata davanti a quel palazzo... Senza contare che quella è zona off limits per la madama; insomma, devo scatenare un putiferio io per fornire la scusa alla polizia per intervenire.

Peccato che l'unica idea decente che mi sia balenata in mente corrisponda più o meno a una missione suicida. L'agitazione cresce e il cuore mi batte forte; chiudo gli occhi e cerco di controllare il respiro. Quando sono calmo scendo dall'auto e verso la benzina delle taniche all'interno della vettura. Il carburante impregna i sedili e i tappetini.

Si va in scena, mi dico gettando un cerino acceso all'interno della Tesla.

L'abitacolo s'incendia all'istante ma non il motore che invece continua a rispondere ai comandi che gli invio tramite il cellulare. Quando l'auto è ormai trasformata in una palla di fuoco premo sull'acceleratore virtuale e la faccio correre a velocità folle contro l'ingresso principale del Residence...

60

Il botto è così forte che l'intero palazzo trema.

Andrea si sveglia di scatto e urla terrorizzata. Vorrebbe scappare, uscire dall'open space in cui, da giorni, è prigioniera ma si sente troppo debole e poi ha il polso sinistro ammanettato alla testiera di metallo del letto.

Molte cicatrici sul suo corpo sono ancora fresche e spesso sanguinano. È dimagrita e sciupata e si sente addosso un cattivo odore visto che Hurricane le permette di lavarsi solo ogni tanto.

La testa le gira, sicuramente per via di tutte le schifezze che il mostro le inietta in vena. La tiene sedata ma il dolore lo avverte eccome quando il bastardo arriva col coltello e le incide la carne: prima le cosce, poi le braccia. Riprende tutto col cellulare blaterando terribili messaggi e minacce orrende all'indirizzo di Radeschi, nel caso continui a non rispondere.

L'ultima volta però il suo carceriere si è presentato senza cellulare né coltello ma con un ultimatum.

«Enrico ti ha abbandonata al tuo destino. Sono stato da lui perché da giorni non visualizza né risponde ai messaggi. Ha tagliato la corda, come già aveva fatto dieci anni fa. Vuole mettersi in salvo e di te non gli importa più niente. Sai cosa significa questo, vero? Che devo ucciderti perché non servi più a niente. Goditi le poche ore che ti rimangono, in fondo ti tratto bene: ti ho messo nell'attico del palazzo. E grazie a questa vetrata panoramica hai una vista spettacolare, di giorno e di notte, sulla metropoli. Guarda, si vede il Duomo, la Torre Velasca, i nuovi grattacieli di vetro e perfino lo stadio di San Siro. Meglio del grand hotel, no? Goditelo per una notte ancora.»

Andrea, chiamate a raccolta le poche forze, aveva ribattuto che stava mentendo, che Enrico non l'avrebbe mai abbandonata.

Hurricane anziché dare in escandescenze le aveva mostrato un video sul cellulare. Andrea non credeva ai suoi occhi: si vedeva la redazione di *MilanoNera* completamente devastata come se ci fosse passato un uragano, il divano dove stavano abbracciati assieme a Rimbaud sventrato con un coltello, i computer ridotti a un ammasso di ferraglia e il cellulare di Enrico, la mattonella cinese, come la chiamava lui, in pezzi sul pavimento.

«Mi sono lasciato trasportare dalla rabbia...» le aveva confessato con un ghigno il suo aguzzino. «Ora cerca di riposare: domattina quando questa vetrata sarà illuminata dal sole ti ucciderò. Girerò anche un filmino che poi metterò in rete così tutti lo vedranno. Gli sbirri, i tuoi parenti e anche lui, ovunque si nasconda.»

Andrea per molte ore non era riuscita a chiudere occhio, spaventata e sconvolta da quella minaccia, ma alla fine era crollata, finché quella specie d'esplosione l'aveva svegliata.

Subito aveva pensato a un terremoto, poi a una bomba visto che dal basso, nonostante il buio, si vedeva salire un fumo nero e spesso.

Non poteva certo immaginare quello che stava succedendo; Hurricane, invece, aveva capito tutto.

Quando fa capolino nell'open space appare visibilmente eccitato. Tiene il solito coltello in pugno ma stavolta non sembra intenzionato a infierire su di lei.

«Cosa succede?»

«Succede che mi sono sbagliato» sorride l'uomo. «Il tuo fidanzato non ti ha abbandonata ma ha pensato di passare al contrattacco! E quando arriverà qui lo sgozzerò davanti a te. Contenta?»

«Io non capisco...»

«Nemmeno io lo capivo» ribatte Hurricane. «E devo confessare che si è rivelato un degno avversario. Non c'è che dire. La mossa di sparire dalla circolazione non l'avevo prevista. Ha capito che non ti avrei mai liberata e ha fatto la sua contromossa. Quando sono stato a casa sua, dopo una serie di video sempre più crudeli che gli avevo mandato ma a cui lui non rispondeva, avevo compreso che non stava più leggendo i messaggi. Avevo quasi perso le speranze...»

In quel momento la radiotrasmittente che porta alla cintura gracchia.

Quella voce Andrea la conosce bene: appartiene a una delle guardie che sorvegliano, notte e giorno, il perimetro del palazzo.

«C'è un tizio con giacca scura, zainetto sulle spalle e un pizzetto strano che è corso sul retro. Forse cercherà di entrare dall'ingresso posteriore. Dobbiamo eliminarlo?»

Dopo aver ascoltato il messaggio Hurricane appare raggiante.

«Eccolo, il tuo cavaliere! È venuto a salvarti proprio il giorno di San Valentino. Che romantico! Morirete come Romeo e Giulietta. No, anzi, loro si sono suicidati, voi due vi ammazzerò io!»

Preme il tasto della radio e risponde: «Ignoratelo e lasciatelo passare. Però che sembri naturale, ok? Fingete di essere troppo presi dall'incendio per badare a lui e fate in modo che salga qui da me. Mi occuperò io di lui.»

61

La Tesla ha fatto un botto pazzesco. La terra ha tremato e una decina di sgherri armati fino ai denti si sono precipitati fuori per vedere cosa fosse successo.

Io ho approfittato della confusione e dell'incendio che si è sviluppato per correre sul retro del palazzo dove so, dalle planimetrie che ho scaricato dal sito del catasto comunale, che c'è un secondo ingresso. Cammino radente al muro mentre dai piani alti piovono calcinacci e vetri. Il pianterreno è quasi completamente invaso dalle fiamme e alla porta posteriore c'è solo una guardia che tossisce e con gli occhi che lacrimano per via del fumo.

Fingo anch'io di stare male e mi premo un fazzoletto sulla bocca e sul naso, coprendomi praticamente tutta la faccia.

Passo accanto all'uomo che non bada a me, impegnato com'è a non soffocare. All'interno è un delirio: urla, gente che corre ovunque, un paio di feriti stesi a terra vicino a quello che rimane dell'auto che ho usato come ariete. Mi avvio deciso su per le scale. C'è un via vai continuo, uomini e donne che corrono verso l'uscita ma nessuno bada a me, nessuno mi chiede perché io stia salendo anziché cercare scampo fuori. Loro devono salvarsi la vita, io devo salvare Andrea.

Mi fingo una specie di soccorritore: busso a tutte le

porte urlando che c'è un incendio e che bisogna evacuare. Mi scambiano per uno di loro, un inquilino malavitoso, o il parente di qualcuno, o non si chiedono niente e scappano per salvarsi la pelle: sono solo uno che gli fornisce un buon consiglio. Del resto nelle misere abitazioni che vedo nei piani bassi non c'è nulla da rubare: monolocali sciatti, vecchi mobili, sedie sfondate, materassi luridi gettati sui pavimenti dove, ci scommetto, esercitano le prostitute a libro paga del Residence.

I primi cinque piani sono davvero desolanti, il degrado impera: sporcizia, ratti, drogati di ogni genere che si aggirano come se fossero in un mondo di zombie.

A mano a mano che mi inerpico in quella bolgia dantesca, però, mi accorgo che gli appartamenti diventano più belli e meglio frequentati. Più curati e ammobiliati con gusto. Qui ci devono stare i latitanti o comunque quelli che si possono permettere un certo tenore di vita. I capetti e le alte gerarchie dell'organizzazione criminale. Più stai in alto, più sei importante: Hurricane avrà tenuto il meglio per sé, vale a dire l'ultimo piano.

Con il fiatone continuo a macinare gradini urlando a tutti quelli che incontro di evacuare perché è scoppiato un incendio. E visto il fumo che sta invadendo la tromba delle scale, tutti mi credono e, anzi, mi ringraziano prima di mettersi a correre verso l'uscita.

Dopo un tempo che mi pare infinito, stanco e sudato fradicio, finalmente giungo a destinazione, l'ultimo piano. Davanti a me una grande porta blindata, sarebbe impossibile da espugnare ma la trovo socchiusa...

Mi sento fregato; ecco perché sono riuscito ad arrivare fin qui senza intoppi e senza che nessuno tentasse di fermarmi: lui voleva che ci riuscissi!

Avrà predisposto la solita trappola ma stavolta non mi coglierà impreparato. Ho anch'io un piano.

M'infilo entrambe le mani nelle tasche del giaccone.

Con la sinistra premo il tasto di chiamata rapida sul cellulare rubato, con l'altra impugno la pistola del Danese e tenendola spianata davanti a me entro nella tana di Hurricane pronto a sparare.

62

La telefonata arriva proprio mentre Nadine si sta slacciando il reggiseno.

La serata è stata perfetta e ora Sebastiani è pronto per godersi il vero piatto forte: il nettare e l'ambrosia.

Per un secondo pensa d'ignorare quella vibrazione, quel ronzio fastidioso, ma alla fine emette un grugnito che non è affatto d'eccitazione bensì di sconforto e sbircia il display: chiamata dal cellulare rubato di Radeschi. Ciò che più gli dispiace è che nelle sue parti basse tutto sembra aver ripreso a funzionare egregiamente e gli manca davvero un respiro per assicurarsene con un test approfondito.

La francesina si blocca e lo fissa con un'espressione fra il disgusto e la sfida. Uno sguardo che dice: Davvero vuoi rispondere al telefono e perderti tutto questo?

Il vicequestore afferra il telefonino e il sigaro che aveva appoggiato sul comodino e va a chiudersi nel bagno del monolocale per rispondere.

«Se non ti stanno ammazzando giuro che lo faccio io!» sbotta.

Dall'altra parte però non c'è nessuno, sente solo le note di una canzone di Bob Dylan che subito gli riportano alla mente i fantasmi di dieci anni prima.

«Enrico, sei tu?» chiede Loris ormai teso come una

corda di violino e senza più traccia d'eccitazione in nessuna cellula del corpo.

Tutto ciò che ottiene è un'altra strofa della canzone finché la voce che gli arriva, distante e ovattata perché Radeschi probabilmente tiene il cellulare in tasca, è quella inconfondibile del nemico pubblico numero uno.

«Finalmente sei arrivato a salvare la tua bella, Enrico. Peccato che questa sarà anche la tua, di tomba. E ora abbassa quella pistola se non vuoi che le tagli la gola.»

Il poliziotto si lascia scivolare sul pavimento tenendo sempre l'orecchio incollato al cellulare. Ha capito che Radeschi ha attivato la chiamata prima di fare irruzione nel covo di Hurricane e ora lui può sentire tutto quello che si dicono.

Inizia a masticare il sigaro poi torna da Nadine che è rimasta immobile e incredula con i seni altezzosi puntati verso di lui. Peccato che Sebastiani non pensi più al sesso.

«Mi presti il tuo telefono?» chiede iniziando a rivestirsi.

«*Quoi?*» domanda lei stupita. «Ma non stavamo per...»

«Me lo presti o no?»

Nadine sbuffa e gli indica la sua borsa. Loris non si sente proprio a suo agio a rovistarci dentro ma lo fa senza esitare perché il tempo in quelle situazioni è prezioso.

Trova l'iPhone e si fa dire il pin che memorizza all'istante. Sa che gli servirà anche dopo.

Una volta sbloccato digita il numero diretto della squadra Mobile e, dopo due squilli, gli risponde il sovrintendente Sciacchitano.

«Sono io. Ho bisogno che localizziate un cellulare. Pronto a segnarti il numero?»

«Sì, dottore.»

Sebastiani gli recita le cifre.

«Fate in fretta. Io arrivo subito.»

«Viene in questura?»

«Che cazzo di domanda è? Certo. E dove sennò?»

Il poliziotto esita prima di rispondere. Ha capito che il suo capo è su di giri.

«Allora non ha saputo del casino che è successo?»

«Quale casino?»

«Il Residence. Ha presente quel fortino della droga in via Cavezzali? Al piano terra è appena scoppiato un incendio, forse causato da un'esplosione, ancora non si capisce. I vigili del fuoco sono già sul posto e anche diverse delle nostre volanti...»

«Ci troviamo lì allora!»

«In questura?»

«No, al Residence. Scommetto che non è un caso che appena quel posto prende fuoco Radeschi mi chiama dal numero che ti ho appena dato. Vedrai che si trova in quel palazzo: ci scommetto il distintivo!»

«D'accordo. Altro?»

«Sì, segnati anche il numero da cui ti sto chiamando.»

«Ok, lo vedo qui sul display.»

«Bene. Se hai bisogno di comunicare con me usa questo. Il mio risulterà sempre occupato visto che rimarrò in linea con Radeschi per ascoltare quello che succede. E ora sbrigati!»

Quando riaggancia Nadine lo sta fissando piena di rancore.

«*Chérie*, me ne devo andare» prova a scusarsi Sebastiani senza molta convinzione. «Ho un'emergenza. E devo portarmi via anche il tuo telefono per rimanere in contatto con la questura. Il mio serve per un altro scopo.»

«*Mais Lorì...*»

«Lo so. Mi farò perdonare» le assicura quando ormai ha già aperto la porta per uscire.

Le ultime parole che Nadine gli urla dietro sono una sfilza di insulti. Almeno è quello che sembra a Sebastiani ascoltando solo con un orecchio. Con l'altro, incollato al telefono, sta seguendo quello che accade con Hurricane. La musica è finita e Radeschi ha iniziato a parlare...

63

Il bastardo mi stava aspettando.

Lo capisco appena metto piede nella stanza ed esplodono le note della sua canzone feticcio:

Here comes the story of the Hurricane
The man the authorities came to blame...

La luce si accende all'improvviso e Hurricane è lì, di fronte a me, sorride beffardo mentre tiene un coltello a un centimetro dalla gola di Andrea.

«Sei viva...» sussurro. Ed è come se mi fossi tolto un peso enorme dallo stomaco. La gioia però dura un secondo; la osservo un po' meglio: non sta bene. Appare stanca, debilitata e sanguinante. Indossa una specie di camicia da notte sudicia che le arriva appena sopra al ginocchio. Le gambe sono rigate di sangue secco, i capelli stopposi, lo sguardo spento.

«Lasciala andare» urlo puntandogli contro la pistola.

«Dài, spara. Vediamo se colpisci me o lei.»

Scoppia a ridere, una risata satanica, sempre premendo la lama del coltello alla giugulare della ragazza.

Sposto appena lo sguardo per dare un'occhiata in giro. Ci troviamo in un enorme open space: una volta doveva essere un grande appartamento di cui sono state abbattute tutte le pareti. Le mura perimetrali sono tutte spoglie a eccezione di una specie di poster raffigurante un aereo con dei pallini rossi sulle ali e di un tavolino su cui è appoggiata una cassa wi-fi da cui escono le note della canzone di Bob Dylan. Il quarto lato, quello che dà sulla strada, è composto da un'unica spettacolare vetrata da cui si gode una vista pazzesca sulla città illuminata. I mobili semplicemente non ci sono. Solo un letto di ferro a cui è ammanettato il polso di Andrea, per fortuna sistemato accanto a un termosifone, così almeno non è morta di freddo. Sotto c'è un secchio con un coperchio, probabilmente da utilizzare per i bisogni. Quel bastardo l'ha torturata, umiliata e drogata all'inverosimile a giudicare dallo sguardo spento e dall'assenza di reazioni.

Lei mi guarda con gli occhi socchiusi ma è come se non mi vedesse.

«Cosa le hai fatto?»

«Metti via il ferro se vuoi che rimanga viva.»

«D'accordo, ma tu toglile il coltello dalla gola.»

Abbasso l'arma ma non la mollo, la tengo stretta, lungo il fianco.

Hurricane allontana il coltello da Andrea, poi da una tasca pesca il cellulare e con quello spegne la musica. L'unico rumore adesso sono le grida delle persone che scappano e le sirene della polizia e dei vigili del fuoco.

Rimaniamo immobili a scrutarci come cani pronti ad azzannarsi.

Poi lui estrae una piccola chiave dalla tasca dei jeans e libera Andrea dalle manette. Ora potrebbe correre, scappare, venirmi incontro ma non ne ha la forza. Si lascia cadere sul letto, inebetita, massaggiandosi il polso finalmente libero.

«Guarda com'è ridotta...»

«Oh, ma almeno è viva e di questo dovresti essere felice, Enrico. Sai, quando sei sparito ho pensato davvero che te la fossi squagliata un'altra volta ed ero pronto a ucciderla.»

«L'avresti fatto comunque.»

«Certo, ma questo lo sapevamo entrambi sin dall'inizio.»

«Perché hai aspettato così tanto tempo?» chiedo scuotendo la testa. «Perché se eri già sulle mie tracce quando mi nascondevo a Cipro non mi hai ucciso lì?»

«Vedi, sarà retorico ma io penso davvero che la vendetta sia un piatto che va gustato freddo. Non solo: mandandoti segnali evidenti che ti stavo alle calcagna ti facevo vivere male, nel sospetto. In fondo, mi è piaciuto seguirti fino alla fine del mondo, così tanto che, per un attimo, quasi volevo desistere, lasciar perdere tutto quanto e restare a vivere là, magari nella Terra del Fuoco o a Cipro, isola bellissima. Poi però, quando sei tornato a Milano, ho capito che anche per me era venuto il momento di vendicarmi. Così te l'ho fatto sapere...»

«La cartolina dalla fine del mondo.»

«Esatto.»

«L'incertezza del vivere senza sapere quando si verrà colpiti è molto peggio della certezza di sapere esattamente quando si morirà.»

«Ci credi davvero a queste cazzate?»

«Eccome. L'hai visto quello?» chiede indicandomi il poster con l'aereo.

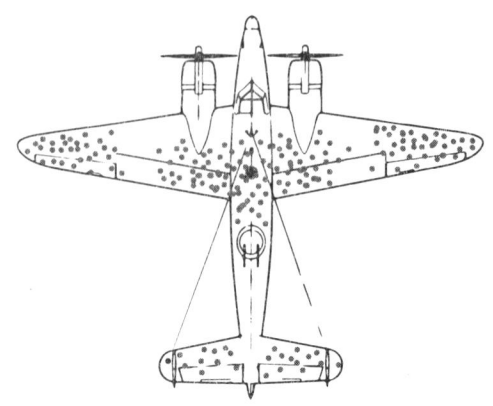

«L'hai fatto tu?»

«Io? No, pensa che risale alla Seconda guerra mondiale. E contrariamente a quello che potrebbe sembrare non è un disegno ma una mappa che disegnarono gli Alleati. I punti rossi rappresentano le parti degli aerei più frequentemente colpite dalla contraerea nazista. La deduzione logica che ingegneri e costruttori trassero da questo disegno fu di rinforzare maggiormente le aree colpite, quelle con più proiettili insomma, in modo da blindare ulteriormente gli aerei perché resistessero al fuoco nemico. Logico, no?»

Non replico, non mi interessano granché le divagazioni storiche in un frangente come questo.

«Invece non era logico affatto» riprende Hurricane infervorandosi. «Come alla fine dedusse un matematico dell'epoca: Abraham Wald. Lui arrivò a una conclusione ben diversa quanto geniale: i puntini rossi che vedi nell'immagine rappresentano la mappatura dei danni subiti dai velivoli ritornati alla base ma non di quelli abbattuti! Questa era un'intuizione importantissima perché suggeriva che le aree che dovevano esser rinforzate maggiormente fossero quelle in cui non c'erano puntini rossi: quando venivano colpite, infatti, l'aereo non faceva più ritorno a casa. E sai come si chiama questa teoria? Pregiudizio della sopravvivenza, e si verifica quando osserviamo le cose dalla prospettiva di chi è sopravvissuto mentre invece dovremmo concentrarci sulle ragioni per cui altri non ce l'hanno fatta...»

«Affascinante, ma tutto questo sproloquio cosa c'entra con noi?»

«Oh, moltissimo. E poi me l'hai chiesto tu: perché ho aspettato così a lungo? Semplice, perché dovevi vivere nell'incertezza. Illuderti di aver rafforzato a sufficienza la tua fusoliera pensando che sarebbe stata abbastanza corazzata per non farti precipitare. Ma non è stato così, hai fatto esattamente il mio gioco: ti ho osservato in questi anni, sai? Le tue indagini, i tuoi amori, le tue cadute.

«Vedi, Enrico, noi due, in fondo, ci assomigliamo: siamo due sopravvissuti. Io prima all'ingiustizia, poi al carcere, mentre tu ti sei portato dentro il fardello del rimorso per la morte di Delia prima e poi la paura che la stessa sorte potesse toccare ad Andrea.»

«Sei una carogna.»

«Probabile, ma sono anche uno che conosce le debolezze degli uomini. Sapevo che l'incertezza di non sapere quando ti avrei colpito sarebbe stata la mia arma migliore. Ti ho logorato con la paura che io potessi trovarmi sempre dietro l'angolo pronto a colpire te, o peggio, i tuoi cari.»

«Sebastiani è sopravvissuto e il Danese ce la farà!»

«Meglio per lui. Conosco però uno sbirro che non è stato così fortunato...»

Avverto un improvviso tremolio alle braccia, la pistola mi pesa in mano come se fosse di piombo ma la stringo forte mentre la punto nuovamente contro di lui.

«Di chi stai parlando?»

«Del tuo amico Lonigro, di chi sennò?»

«Stai mentendo.»

Lui ride come se avessi fatto una battuta divertente.

«Non te l'aspettavi, vero? Infatti era esattamente quello che volevo: non era ancora il momento di scoprire le mie carte. Ho preferito oliare il sistema e pagare dei pesci piccoli della mala locale per simulare una faida di mafia e farlo fuori. E voi ci siete cascati in pieno! Così ho ottenuto la mia vendetta senza insospettirvi più del dovuto: il pezzo forte del mio piano era Andrea. Appena sono venuto a conoscenza della sua presenza al congresso di Salisburgo mi sono detto che finalmente avevo l'occasione giusta per colpirti e su quello ho costruito la mia strategia.»

«Adesso pagherai per tutto» gli urlo prendendo la mira.

Lui sorride, ha il coltello ancora in mano ma non lo punta verso Andrea. Potrei fargli saltare la testa con un colpo preciso.

«Avanti, vediamo se ne sei capace» mi sfida. «Ma ricorda, se non mi ammazzi al primo colpo sarò io a uccidere te. Siamo ai titoli di coda, Enrico: sono stanco di questa vita e, forse, è davvero il momento di ritirarmi in Sudamerica. I soldi come sai non mi mancano e vivrò serenamente il tempo che mi resta.»

Faccio un passo avanti.

«Allontanati da lì» gli intimo. «Mettiti davanti alla finestra, non voglio rischiare di colpire Andrea.»

Hurricane ubbidisce e va a piazzarsi proprio davanti alla vetrata. Alle sue spalle danzano le luci dei lampeggianti e lui mi osserva con occhi spiritati. Sembra il diavolo alle porte dell'inferno.

«Avanti, Radeschi, cosa stai aspettando? Uccidimi!»

Quando sente Hurricane confessare l'omicidio del commissario Lonigro, Sebastiani avverte una fitta al cuore, come se l'avessero pugnalato davvero.

«Figlio di puttana!» sbotta battendo il pugno sul volante.

Sbanda ma subito riprende il controllo dell'auto. Guida come un pazzo per la città deserta con la sirena che urla finché non giunge a destinazione.

Davanti al Residence lo accoglie un luna park di lampeggianti: polizia, vigili del fuoco, la municipale. Manca solo l'esercito che, visto il casino, non è escluso che arrivi.

Il vicequestore scende dal suv con un sigaro fra i denti e il cellulare incollato all'orecchio per non perdersi nemmeno una sillaba della discussione tra Radeschi e Hurricane.

I primi due piani dell'edificio sono completamente avvolti dalle fiamme e i pompieri coi loro potenti getti stanno cercando di domare il fuoco.

Appena lo vede, l'agente Rivolta gli corre incontro per ragguagliarlo sulla situazione.

«Ci sono dei feriti gravi e, per ora, nessuno entra o esce, hanno evacuato chi potevano ma finché non metteranno in sicurezza i piani che stanno bruciando non potranno far uscire nessun altro.»

«Allora ne approfitteremo.»

«Per fare cosa?»

«Per smantellare questo fortino dello spaccio! Chiama i rinforzi. Voglio che tutte le persone che usciranno dal palazzo siano controllate e identificate e se hanno precedenti vengano portate dritte al gabbio. Questo incendio sarà l'occasione per fare piazza pulita!»

«Va bene. Con chi è al telefono?»

«Con Radeschi, è lui che ha causato questo casino.»

«Enrico è...»

«Lì dentro» interviene Sciacchitano comparendo alle spalle della collega. «Abbiamo triangolato il segnale del cellulare e risulta all'interno dell'edificio.»

«Oh, mio Dio!» si preoccupa Carla. «Starà bene?»

«Per ora sì» la rassicura Sebastiani.

«Come fa a saperlo?»

«Vedete quella vetrata all'ultimo piano?»

Sciacchitano e la Rivolta sollevano la testa per guardare.

«Quindi è in trappola, da lì non ci sono vie di fuga.»

«A meno che non si trasformi in Icaro.»

«Prego?»

«Niente, e comunque il fuoco, in questo momento, è l'ultimo dei suoi problemi.»

«Cosa vuol dire?» chiede la poliziotta sempre più preoccupata.

«Che da quanto sto sentendo la situazione gli sta sfuggendo di mano, anzi precipitando... Però aspettate, forse, mi è venuta un'idea. Fatemi parlare subito col comandante dei vigili del fuoco!»

65

Sparare a un uomo a sangue freddo non è facile; persino se si tratta di una carogna, un bastardo, un assassino.

Uno pensa che basti tirare il grilletto della pistola e il gioco è fatto. Forse per alcuni è così ma non per me. Io non ce la faccio, non ci riesco. Anche se l'uomo che ho davanti ha ucciso le persone che amavo, le ha ferite, le ha fatte soffrire non riesco ad ammazzarlo come se niente fosse. E lui lo sa: ennesima umiliazione che mi infligge!

Abbasso l'arma sconfitto e Hurricane scoppia a ridere.

«Ci avrei scommesso: sei un vigliacco! Sei solo chiacchiere; senza il tuo amico Danese o lo sbirro diventi totalmente innocuo.»

Estrae il cellulare dalla tasca e digita qualcosa. L'altoparlante wi-fi inizia a riprodurre un pezzo che ormai conosco bene: il *Requiem* di Mozart.

«Lo riconosci? È il tuo elogio funebre, Radeschi. Però bada: tu non sei Mozart, sei solo un impostore, come lo era Salieri. Il vero genio sono io, l'unico e il solo. E ora preparati a morire.»

Si avvicina di un passo sollevando la lama.

«Prima ucciderò te e poi lei.»

Impugno ancora la pistola anche se la mano mi trema. La sollevo nuovamente e gliela punto in faccia mentre lui continua ad avanzare.

Non posso permettere che uccida Andrea, non dopo tutto quello che ha patito.

«Cosa fai, ci riprovi?» domanda sprezzante.

Compio una specie di gioco di prestigio che lo stupisce: brandisco l'arma per la canna, come se fosse un martello per tentare di colpirlo alla testa, per stordirlo o almeno parare i suoi fendenti.

Lui ride di fronte a quel mio goffo tentativo.

Capisco subito che non sarebbe una mossa saggia: Hurricane è un mago col coltello sin dai tempi in cui stava a San Vittore. Non ho nessuna speranza di farcela con lui.

Lancio un ultimo sguardo ad Andrea che inebetita mi osserva senza mostrare nessuna emozione. Ha già subito abbastanza da questo mostro, non permetterò che rimanga sola con lui nemmeno per un altro minuto. Getto a terra la pistola e questa nuova mossa inaspettata serve a distrarlo per quella frazione di secondo che mi occorre per agire.

Richiamo a raccolta tutte le forze residue e quel poco di coraggio, incasso la testa fra le spalle e parto alla carica a testa bassa. Quando lo travolgo, avverto una fitta dolorosa alla mano sinistra ma non desisto, le mie gambe continuano a spingere. Lo slancio è così potente che finiamo contro la vetrata che si frantuma mentre noi veniamo proiettati fuori come uccelli che non sanno volare.

Adesso sì che ho paura di morire.

Il vuoto. La velocità. Il terrore dello schianto.

Chiudo gli occhi.

La discesa sembra durare un'eternità! Ed è vero che tutta la vita ti passa davanti mentre stai per morire: i miei genitori e la Bassa, Delia e il suo sorriso, Andrea e la sua voglia di vivere, il Danese e Iris che sento agitarsi sulla pelle, Sebastiani e il suo sigaro, Fuster e il suo parlare per frasi fatte, Buk e Rimbaud, le prime pagine sul *Corriere* coi miei articoli, le notti in giro per Milano in sella al Giallone...

Lo schianto non arriva ma io e Hurricane veniamo inghiottiti da qualcosa di enorme e avvolgente, come Pinocchio con la balena.

Faccio in tempo a pensare che se la morte è così assomiglia a un materasso morbido in cui sprofondare. E non è per niente male.

Poi tutto diventa buio.

66

Il sigaro di Sebastiani ha un sussulto quando Radeschi riapre gli occhi.

«Sono morto?»

«Sì, per circa un minuto.»

«Scherzi?»

«Certo che scherzo, pirla! Sei solo svenuto! Mica è da tutti lanciarsi dal decimo piano e rimanere illesi. Sei atterrato su un gonfiabile dei vigili del fuoco. Poi ti abbiamo sistemato su questa ambulanza. Adesso ti portano in ospedale. Hai una brutta ferita alla mano sinistra.»

«Ma come hanno capito dove...»

«Gliel'ho detto io di piazzarlo lì.»

«Tu?»

«Ti ascoltavo al cellulare, ricordi? Non male la tua idea. E poi ho solo ricambiato il favore: tu mi hai salvato tre giorni fa. Ora siamo pari e non parliamone più, d'accordo?»

Enrico annuisce.

«Come sapevi che avrebbe funzionato?»

«Non lo sapevo. Sulla tv svizzera avevo visto un video di una donna che si gettava dal sedicesimo piano di un palazzo fra le braccia dei pompieri senza farsi nulla. Così ho pensato che potessimo farlo anche noi. I vigili del fuoco avevano già preparato il gonfiabile casomai le fiamme fossero salite anche ai piani superiori; io mi sono limitato a indicargli dove posizionarlo.»

«Andrea si trova...»

«Lo so. Appena finiscono di spegnere il fuoco mando una squadra all'ultimo piano per soccorrerla.»

«Lui dov'è?»

«Ammanettato e già caricato sul cellulare. Quello stronzo non farà più male a nessuno. Ho dato ordine di sorvegliarlo a vista h24. Stavolta non scapperà e domani stesso lo trasferiremo in un carcere di massima sicurezza.»

Radeschi sorride compiaciuto, vorrebbe aggiungere qualcosa ma non ci riesce, appare sfinito e ha perso molto sangue dalla mano ferita. La testa gli cade all'indietro e perde nuovamente i sensi.

Sessanta arresti fra cui un superlatitante, diciotto persone denunciate a piede libero, cinquanta appartamenti perquisiti. Questo il bilancio della megaoperazione che si è svolta ieri sera in via Cavezzali per sgomberare quello che dagli abitanti del quartiere veniva chiamato il "Residence" o fortino della droga. Un'operazione congiunta che ha visto la partecipazione di polizia, carabinieri, vigili del fuoco, protezione civile e servizi sociali.

Tutto è cominciato intorno all'una di notte quando si è sviluppato un incendio al piano terra del palazzo le cui cause sono ancora in via d'accertamento.

Il fortino della droga era stato così ribattezzato per via della diffusissima presenza di pusher che lì trovavano rifugio per sé e per la droga da smerciare. Ma il Residence offriva anche ospitalità a latitanti, prostitute e ogni genere di malavitoso che potesse permettersi l'affitto di un appartamento. Il palazzo, situato a due passi da via Padova, era da anni un pericolo per i pochi residenti regolari che ancora vi abitavano: fra allacciamenti fai-da-te con fili elettrici ovunque, ascensori trasformati in discariche, bombole di gas che alimentavano piastre e cucinotti e che, forse, sono state anche la causa dell'incendio della notte scorsa.

Al termine delle operazioni, agli inquilini del palazzo – proprietari o con un regolare contratto d'affitto – è stato permesso di rientrare nelle loro abitazioni...

«Ehi, metti giù quel cellulare e dammi una mano! Non sei qui per cazzeggiare ma per aiutarmi!»

«Come "metti giù"?» si schermisce Sebastiani facendo correre il sigaro da una parte all'altra della bocca. «Sto leggendo il tuo pezzo su *MilanoNera*, non puoi definirlo cazzeggio! A proposito: bella la sparata di dar la colpa dell'incendio alle bombole a gas invece che alla Tesla imbottita di benzina...»

Sorrido mentre raccolgo dei vetri dal pavimento.

«Cosa vuoi, ho un po' romanzato. Ai lettori piace e, infatti, il pezzo funziona alla grande. Già cinquantamila visualizzazioni...»

«Perché non hai fatto cenno ai due pazzi che si sono lanciati nel vuoto?»

«Ogni tanto bisogna omettere qualcosa. E comunque dovresti apprezzare lo sforzo, visto che l'ho scritto con una mano sola!»

Quando finisco di parlare sollevo il braccio sinistro fasciato. Al pronto soccorso mi hanno dato non so più quanti punti assicurandomi, tuttavia, che tutto tornerà a posto nel giro di qualche settimana. Un fendente di Hurricane deve avermi ferito mentre mi ci scagliavo contro. Volevano tenermi dentro in osservazione ma ho preferito non fermarmi: appena hanno finito di ricucirmi ho firmato per essere dimesso e me ne sono tornato a casa. O meglio in quello che ne resta a seguito del passaggio del mio nemico: l'appartamento adesso sembra Beirut dopo un bombardamento.

Per fortuna il mio amico vicequestore è venuto a darmi una mano per sistemare questo casino.

Si infila il cellulare in tasca e si rimette all'opera. È in maniche di camicia e afferra la ramazza. Io mi avvicino col secchio e la paletta e, insieme, cerchiamo di raccogliere tutti i cocci.

«Quando lo saprà Fuster ti sfratterà.»

«Questo è certo: ecco perché non glielo dirò mai! Ricomprerò tutto e quando ritornerà non si accorgerà di nulla.»

«Non hai abbastanza soldi per riacquistare quei computer, quel tavolino di cristallo, quelle bottiglie di vino pregiato, quei soprammobili...»

«Va bene, ho capito, sono un poveraccio con le pezze al culo, non infierire.»

Mi siedo a riposare un attimo sul divano, che è stato sventrato in più punti da un coltello, ma su cui ho steso una coperta e quasi non si nota.

Sopra ci sono il mio laptop con cui ho scritto il pezzo per *MilanoNera* e Iris che sonnecchia sulla mela morsicata simbolo dell'azienda che lo produce.

«Ci pensi che queste sono le uniche cose che si sono salvate in questa casa? Il mio laptop, visto che l'avevo con me e che ha anche resistito a un volo dal decimo piano, e Iris che ha vissuto la stessa avventura.»

«Era con te quando siete precipitati?»

«Pare incredibile, vero? Quando siamo saltati ho sentito che correva dalla schiena allo sterno, come se avesse capito che saremmo caduti sul posteriore.»

«Si chiama istinto di sopravvivenza, qualità che a te pare mancare.»

«Cosa vuoi dire?»

Il Toscanello compie una lenta rotazione prima che il vicequestore mi risponda.

«Intendo che bisognerebbe sempre sapere a priori come mettersi in salvo quando ci si ficca in una situazione assurda...»

«Stai per farmi la morale?»

«Macché, pura curiosità. Mi piacerebbe tanto sapere

quale piano geniale avevi in mente quando sei entrato nella tana del lupo.»

«Avevo la pistola e pensavo di usarla per ucciderlo ma non ne ho avuto il coraggio.»

«In effetti saltare nel vuoto è stato un ottimo piano B.»

«Lo penso anch'io» convengo sorridendo. «È stato un po' come tornare bambino quando i miei mi portavano a saltare sui gonfiabili...»

«Davvero?»

«Per niente: da piccolo me la facevo sotto dalla paura!»

Scoppiamo entrambi a ridere proprio mentre il suo cellulare inizia a squillare.

Prima di rispondere si sforza di tornare serio: evidentemente lo chiama qualcuno dei suoi sottoposti e deve darsi un tono.

«Pronto? Ah, davvero? Bene, glielo dico subito. Che altro? Ah, ok. Gli riferirò anche questo.»

«Allora?» chiedo quando riaggancia.

«Era la Rivolta.»

«L'avevo capito: cosa devi dirmi?»

«Sai, ieri la nostra poliziotta era molto preoccupata per te... Mica avete un ritorno di fiamma?»

«Loris, smettila di girarci intorno!»

«D'accordo, ho una bella e una cattiva notizia. Da quale vuoi cominciare?»

«Dalla cattiva.»

«Riguarda Andrea.»

«Oddio, sta male?»

«No, no tranquillo. Sono arrivati i risultati degli esami: come sospettavamo Hurricane l'ha imbottita di droga. Si sta già riprendendo ma dovrà disintossicarsi. Ci vorrà un po'.»

«Tutto qui?»

«No, ora con lei c'è la sua famiglia, suo padre, sua madre e...»

«E?»

«E il suo ex ragazzo. Pare si siano appena riconciliati perché con te lei non vuole più avere niente a che fare. Dice che le hai rovinato la vita e che...»

«Sì, ho capito! E la capisco. Dopo quello che ha passato.» Mi prendo la testa fra le mani.

«Ora vuoi sentire quella buona?»

«E dimmela.»

«Chrestos è appena uscito dal coma e ha già chiesto di te.»

«Cazzo, questa sì che è una bella notizia!»

«Andiamo, ti accompagno.»

«Sul serio vuoi farmi da chauffeur?»

«Non vorrai mica andarci con la tua Vespa scassata con un braccio in quelle condizioni, no? Ti ho appena salvato la vita e ti avrei subito sulla coscienza se ti vai a schiantare!»

«D'accordo, però dobbiamo fermarci in un posto mentre andiamo.»

Il mio amico poliziotto deve davvero tenerci a me visto che per portarmi al Niguarda accende il lampeggiante e pure la sirena. O forse ha paura che il mio umore sia sotto le suole delle scarpe dopo che mi ha annunciato che la stanza di Andrea, nello stesso ospedale, è off limits per me.

L'importante è che sia viva e che si riprenda: per colpa mia ha vissuto dieci giorni da incubo e la capisco se non vuole vedermi mai più.

Sebastiani mi lascia davanti all'ingresso.

«Io ritorno a casa tua a fare un po' di ordine.»

«Mi aspetterai anche con della lingerie trasparente indosso?»

«Ricordati, Enrico, che ho una pistola e io, al contrario di te, non ho paura a usarla.»

Ingrana la marcia e se ne va. Appena il suv scompare nella notte gelida della città mi volto e mi ritrovo davanti la faccia tirata di Konstantin.

«Io saputo che tu ieri ha combinato bel casino.»

Mi stringo nelle spalle.

«Possiamo anche vederla così, sì.»

Mi fissa serio, non ha voglia di scherzare. So cosa sta per chiedermi e allora lo precedo. Mi frugo in tasca e pesco un mazzo di chiavi.

«Queste sono tue. Mi piace quell'appartamento con vista sul Cristone di cemento.»

«Forse lui protetto te quando tu giocato a fare bungee jumping.»

«Forse.»

«Però lui non potrà proteggere te da noi.»

«Cosa vuoi dire?»

«Che Tesla Model 3 che tu ha usato ieri come fuoco artificiale era nuostra. Tu ora deve ripagare con interessi, *da*?»

Questa giornata sta decisamente peggiorando di minuto in minuto.

«Ma certo! Troverò un modo per ripagarvela!»

«Ripagarvele, prego.»

«Cosa vuoi dire?»

«Tu forse dimenticato di Volvo distrutta a Vienna?»

«Credevo che quella fosse del Danese.»

«Tu credeva male.»

«D'accordo, ho capito.»

«Bravo: altrimenti saremo noi a lanciare te giù da palazzo. Solo che questa volta non c'è pompieri di sotto per prendere te al volo, capito?»

«*Da.*»

«Fai pure spiritoso, Radeschi, finché tu può. E ora va', tuo amico ti aspetta.»

Percorro un lungo corridoio, due rampe di scale, finché, dopo essermi perso e aver chiesto indicazioni a un infermiere, giungo finalmente alla stanza del Danese.

Lo trovo sul letto con una gamba in trazione e una benda intorno alla testa stile Frankenstein.

«Ehi, che ne diresti di una bella gita a Lourdes?»

Lui mi sorride e io mi avvicino per abbracciarlo.

«Ti ci porterei io a calci in culo» risponde.

«Hai ragione, scusa per averti mandato allo sbaraglio.»

«Oh, sono stato incauto io. Dovevo guardare meglio prima di attraversare la strada!»

«Non te lo diceva la mamma da piccolo?»

«Fanculo, Enrico: dimmi che l'avete preso.»

Gli sorrido e annuisco.

«La vuoi sentire una bella storia?» chiedo sedendomi sulla sedia accanto al letto.

«Solo se alla fine qualcuno muore e l'eroe scopa la fanciulla.»

«Non è proprio il genere di favola che avevo in mente ma sono sicuro che anche la mia ti piacerà. Prima però c'è qualcuno che vorrebbe salutarti.»

Allungo il braccio verso di lui e dalla manica del mio giaccone spunta Iris che subito salta sulla mano del Danese e gli scivola sotto il pigiama.

«Ehi, allora sta bene!»

«Benissimo! Ci siamo divertiti un sacco insieme.»

«Davvero?»

«Non sai quanto!»

«Cosa stai aspettando allora? Sentiamo questa favola!»

Inizio a raccontargli per filo e per segno tutto quello che è successo da quando l'hanno investito: il mio accordo con Konstantin, l'intuizione del lobo dell'orecchio, il viaggio a Torino per ricattare le rapinatrici...

«Aspetta, aspetta» mi interrompe. «Mi stai dicendo che ti hanno dato loro i soldi per comprarti le foto satellitari?»

«Esatto, sono state le mie finanziatrici. Abbiamo stretto un accordo.»

«Le denuncerai adesso?»

«Naaa, non sono un infame. Se la polizia se la giocherà bene le troverà da sola, altrimenti continueranno a godersi il loro *buen retiro*... Credo che siano da qualche parte in Giamaica in questo momento.»

«Buon per loro. Che altro è successo dopo?»

Gli racconto della Tesla usata come ariete-bomba, del faccia a faccia con Hurricane e del mio salto nel vuoto.

«Davvero non sapevi che sotto c'era il gonfiabile dei pompieri?»

«Giuro: ero convinto che sarei morto.»

«Tu sei un incosciente! Iris era con te, poteva morire!»

«Dici sul serio?»

«Mi vedi ridere?»

«Hai ragione, sono stato incosciente.»

«Proprio così. Di Andrea che mi dici?»

Sospiro prima di rispondere.

«Sta bene ma ha deciso che non vuole vedermi mai più.»

Lui sgrana gli occhi, poi scuote la testa.

«Vedrai che le passerà.»

«Non credo. Si è addirittura riconciliata col suo ex ragazzo...»

«Be', in questo caso potrei presentarti...»

«No, niente entraîneuse russe, grazie comunque del pensiero.»

«Prego. Posso chiederti io una cosa allora?»

«Certo.»

«Ce l'hai una canna?»

«No, ma ti ho portato di meglio. Ecco, assaggia.»

Gli passo una bottiglia di minerale.

Il Danese mi guarda storto, poi se la porta alla bocca e prende un lungo sorso.

«Wow!» sorride. «*Schnaps* alle albicocche, come quello di Salisburgo!»

«E le infermiere non ti faranno la ramanzina perché crederanno che sia acqua!»

«A volte mi stupisci, Enrico. Dico davvero.»

«Grazie. Ma tu volevi veramente fumare in ospedale appena risvegliato dal coma?»

«Be', mi avrebbe aiutato a rilassarmi: per fortuna ho un pensiero che mi tiene compagnia e mi aiuta a stare su di morale.»

«E cosa sarebbe?»

«Voglio proprio vedere come farai a ripagare a Vassily la Tesla. Ci sarà da ridere.»

«Sai cosa ti dico?»

«Cosa?»

«Vogliono pure che gli ripaghi la Volvo saltata in aria a Vienna!»

«Be', meno male che non ti hanno chiesto di rimborsargli pure la Duna...»

Entrambi sgraniamo gli occhi per un secondo, poi scoppiamo a ridere, fino alle lacrime.

Non è incoscienza, ma voglia di vivere. Il Danese è appena uscito da un coma dopo aver rischiato di morire investito da un suv, quanto a me, sono sopravvissuto a un corpo a corpo col nemico pubblico numero uno per poi lanciarmi senza paracadute dal decimo piano di un palazzo.

La mafia russa, in questo momento, non ci fa nessuna paura.

Stampato da
Grafica Veneta S.p.A., Trebaseleghe (PD)
per conto di Marsilio Editori® in Venezia

«Farfalle Marsilio»
Periodico mensile n. 336/2021
Direttore responsabile Giuseppe Lupo
Registrazione n. 1334 del 15.06.1999
Tribunale di Venezia
Registro degli operatori di comunicazione-ROC n. 6388

Le fotocopie per uso personale del lettore possono essere effettuate nei limiti
del 15% di ciascun volume/fascicolo di periodico dietro pagamento alla SIAE
del compenso previsto dall'art. 68, commi 4 e 5, della legge 22 aprile 1941 n. 633.
Le fotocopie per finalità di carattere professionale, economico o commerciale
o comunque per uso diverso da quello personale possono essere effettuate a seguito
di specifica autorizzazione rilasciata da CLEAREdi, Centro Licenze e Autorizzazioni
per le Riproduzioni Editoriali, Corso di Porta Romana 108, 20122 Milano,
e-mail autorizzazioni@clearedi.org e sito web www.clearedi.org.

EDIZIONE

10 9 8 7 6 5 4 3 2 1

ANNO

2021 2022 2023 2024 2025